वाणी प्रकाशन ग्रुप

भारतीय ज्ञानपीठ

वाणी प्रकाशन : भारतीय ज्ञानपीठ की पुस्तकों के एकमात्र प्रकाशक एवं वितरक

ये इश्क नहीं आसां

(उपन्यास)

ये इश्क़ नहीं आसां

शैलेन्द्र सागर

वाणी प्रकाशन ग्रुप | भारतीय ज्ञानपीठ

वाणी प्रकाशन : भारतीय ज्ञानपीठ की पुस्तकों के एकमात्र प्रकाशक एवं वितरक

Email : sales@vaniprakashan.in

सजिल्द पहला संस्करण : 2018
सजिल्द दूसरा संस्करण : 2024

लोकोदय ग्रन्थमाला : ग्रन्थांक 1343

प्रकाशक
वाणी प्रकाशन ग्रुप
4695, 21-ए, दरियागंज, नयी दिल्ली-110 002
फ़ोन : 011-23273167, 23275710
ईमेल : sales@vaniprakashan.in

ISBN : 978-93-5775-487-3 (N)
978-93-87919-05-1 (O)

ये इश्क़ नहीं आसां
(उपन्यास)
शैलेन्द्र सागर

YE ISHQ NAHIN AASAN
(Novel)
by Shailendra Sagar

मुद्रक : आर. टेक ऑफ़सेट प्रिंटर्स, दिल्ली-110 032

आवरण-चित्र : लीलाधर मंडलोई

Price : INR. 395

[1]

गालिब ने जब उन्नीसवीं सदी में लिख दिया 'ये इश्क नहीं आसां' तो अब तो हम इक्कीसवीं सदी की जटिल, तनावपूर्ण, अतिव्यस्त, महत्त्वाकांक्षी, समयहीन, उदारवादी, भूमंडलीकृत-उत्तर दुनिया में जी रहे हैं जहाँ जीवन के नये-नये रूप और पक्ष सामने आ रहे हैं। जीवन बहुआयामी हो चला है। तमाम तरह की जरूरतें और बेहिसाब ख्वाब जिन्दगी में हलचल किये रहते हैं। नयी महत्त्वाकांक्षाएँ जीवन को नयी दिशाओं की ओर उन्मुख करती रहती हैं। आदमी हर क्षेत्र में जोखिम उठाने को तत्पर रहता है चाहे वह काम हो या रिश्ता। जीवन के हर पक्ष के प्रति नजरिए में बदलाव आया है। हर रिश्ता अपने नये रूप और आयाम के साथ उद्घाटित हो रहा है। संक्रमण के इस युग में कोई भी आँख मींचकर कुछ भी नहीं स्वीकारता। हर व्यक्ति एक एजेंडे की मानिन्द अपना जीवन चलाने के लिए प्रतिबद्ध है। हर क्रिया और प्रतिक्रिया के पीछे एक सोची-समझी और सुनियोजित रणनीति है। हर शख्स की अपनी माँगें हैं, चाहतें हैं, उम्मीदें हैं, आकांक्षाएँ हैं और उनके अनुरूप ही वह अपने रिश्तों को आगे बढ़ाता है।

इस दार्शनिक आख्यान को और विस्तार दिया जा सकता है पर मुझे कोई शोध प्रबन्ध नहीं लिखना जिसकी प्रस्तावना ही अन्तहीन हो। मुझे तो अपनी, अपने अनुभवों की, अपनी चाहतों और ख्वाहिशों की कहानी लिखनी है। मुझे इल्म है कि यह बेहद मुश्किल काम है। मुश्किल इसलिए क्योंकि हम अपनी चाहतों और ख्वाहिशों को कितना जान ही पाते हैं। हमें पता ही कहाँ चलता है कि दरअसल हमें क्या चाहिए, हमें तलाश किस चीज की है। नतीजतन हम भटकते हैं, एक अनजानी, अव्यक्त व अस्पष्ट मरीचिका के पीछे। और इस भटकाव के लिए अपने को कतई दोषी नहीं मानते।

आगे बढ़ने से पहले मैं यह जरूर स्वीकार करता हूँ कि मुहब्बत के मामले में काफी खुशनसीब रहा हूँ। लोग तो एक इश्क के लिए, ताजिन्दगी तरसते हैं और मैं...!

अपने बारे में कुछ बढ़-चढ़ कर लिखना अच्छा नहीं होता। कुछ लोगों का मानना है कि इससे जिन्दगी की रूमानियत और खुशियों पर नजर लग जाती है। मैं इन अन्धविश्वासों में यकीन नहीं करता पर जिन्दगी में कुछ काम दूसरों की सोच और नजरिये के मुताबिक करने में ज्यादा हर्ज नहीं होता।

अपने इस छोटे से लॉन में सुबहोसुबह नंगे पाँव टहलना मुझे जबरदस्त सुकून देता है। तराशी हुई हरी, मुलायम और नम घास पर नंगे पाँव चलने की गुदगुदाहट जहाँ एक ओर रात की खुमारी दूर करती है वहीं दूसरी ओर एक नयी उत्तेजना, स्फूर्ति और उल्लास से नये दिन का आह्वान करती महसूस होती है। हरी घास, तरह-तरह के रंगों के इठलाते पौधे आँखों को कैसी तरलता और सुख प्रदान करते हैं। किसी पौधे में युवा होती शर्मीली कली, तो कहीं अजब से गुरूर से इतराता खिला फूल जिसके इर्द-गिर्द दर्प और इठलाहट का एक वृत्त-सा बना महसूस होता है जिस पर मानो 'टच मी नॉट' की अदृश्य पट्टिका टँगी रहती है।

एक सुन्दर लड़की और फूल में ज्यादा अन्तर नहीं होता। फर्क महज इतना है कि फूल का प्रभाव समर्पण को प्रेरित करता है। अन्तरंग में शीतलता का अहसास होता है। इसके बरक्स एक आकर्षक लड़की उद्वेलित और उत्तेजित करती है या कभी एक चुनौती के अहसास से सराबोर कर देती है। फूल आत्मकेन्द्रित व आत्ममुग्ध-सा बिना किसी को उकसाये लहलहाता है। उसकी बेपनाह खूबसूरती में अजब-सी नादानी नजर आती है पर लड़की की सुन्दरता में कशिश, उत्तेजना, आमन्त्रण, खिंचाव, शरारत और न जाने किस-किस का घालमेल होता है।

करीब पन्द्रह मिनट की टहलकदमी के बाद मैं बरामदे में आरामकुर्सी पर पसर गया हूँ। आज रविवार का दिन है। इसलिए न कॉलेज जाने की आपाधापी है और न ही क्लास पढ़ाने का तनाव। आज मैं निहायत फुर्सत से रविवार के मोटे अखबारों को बाँचता हूँ—लेख, टिप्पणियाँ, खबरों के खुलासे, कहानी, कविता आदि। फिर नहाने से पहले दो-चार दोस्तों को फोन। कुछ फोन उखड़ते रिश्तों को आक्सीजन देने के मकसद से तो कुछ पुराने खोये रिश्तों की पुनर्नवा के नाम पर...। कुछ औपचारिक तो कुछ बेहद अन्तरंग...। किसी संवाद में पूरा खुला स्वर तो कहीं सिर्फ फुसफुसाहटें। कभी पूरा ठंडापन तो कभी भरपूर संवेदना और जुड़ाव...। कभी लम्बी बात करके भी खालीपन का अहसास तो कहीं मुख्तसर-सी बात भी उबाऊ और बोझिल...।

अखबार की तारीख पर नजर जाते ही मेरा तन-मन झंकृत हो गया है। आज तो सलिला का जन्म दिन है। कैसे भूल गया मैं ? जिसने आपकी जिन्दगी में बेहद अन्तरंग और आत्मीय जगह बनाई हो, उससे जुड़ी कोई बात भला हम कैसे विस्मृत कर सकते हैं ? क्या हमारी स्मृति भी हृदय से जुड़ी होती है जबकि स्मरण शक्ति तो दिमागी करतब है। पर यह भी सच है कि हम उसे ही याद करते हैं जिसका दिल में भी कहीं डेरा बसा हो। दिल से उतरते ही दिमाग भी उस शख्स को बेदखल कर देता है या कम अज कम उसे पार्श्व में ढकेल देता है। फ्रायड ने इसे ही तो अवचेतन कहा था।

बारह मार्च की तारीख कैसे भूल सकता हूँ मैं। कुछेक सालों तक हफ्तों पहले सलिला के बर्थडे का रोमांच शुरू हो जाता था। उसकी गिफ्ट और पार्टी के बारे में बातें

होती थीं। ग्यारह की रात को ठीक बारह बजे वह अपना मोबाइल लेकर बाथरूम जाती थी और एक घंटी तो दूर आधी घंटी पर उसकी खनकती आवाज कानों में पड़ने लगती थी, 'हाय स्वीटहार्ट...।'

'विश यू ए वैरी हैप्पी बर्थडे, डार्लिंग..।'

'थैंक्स यार...।' और फिर चुम्बनों का आदान-प्रदान। ग्यारह या इक्कीस जैसे चुम्बन मानो न होकर मन्दिर का चढ़ावा हों।

'आई लव यू, बेबी..।' उसका मादक स्वर मेरे कानों में शहद की मानिन्द घुलकर उत्तेजना की लहर स्पन्दित कर देता।

बच्चों के स्कूल और सुनील के आफिस निकलते ही मेरा फोन घनघना उठता। हम किसी रेस्तराँ में मिलते। अक्सर वह नयी साड़ी पहनकर आती। आँखों में गहरा काजल और होंठों पर उत्तेजित सुर्खी। मेरी पसन्द को ध्यान में रखते हुए तराशे हुए लम्बे नाखून और उन पर मैचिंग नेल पेंट। साथ ही पिछले साल दिया हुआ मेरा तोहफा पहनना या लाना भी वह नहीं भूलती। मेरे हाथ में थमे पैकेट को देखकर वह धीरे से मुस्कराती। मेरी भेंट को वह बहुत आत्मीयता और अधिकार से स्वीकारती और मुझे रिटर्न गिफ्ट देना नहीं भूलती।

'रिटर्न गिफ्ट तो बच्चों को दिया जाता है।' मुझे उसका कुछ देना अच्छा लगता। वह उसकी याद की खूबसूरत निशानी बनकर मेरे पास रहता। हालाँकि यह भी सच है कि उसका मेरे ऊपर कुछ भी खर्च करना मुझे कतई ठीक नहीं लगता था।

'आई नो, बट यू आर माई बेबी, डियर...। तुमने मुझे कितनी ख़ुशियाँ दी हैं। मेरी जिन्दगी का हर लमहा एक अकथनीय थिरकन और रोमांस से पुलकित रहता है। तुम और तुम्हारा प्यार नहीं मिलता तो जिन्दगी कितनी बेरौनक और रूखी होती। प्रमेश, तुमने अपने प्यार से मेरी जिन्दगी का रंग और स्वाद ही बदल दिया है।'

'स्वाद.., उससे तो हम अभी तक वंचित हैं।' मैं बात को दूसरी दिशा में मोड़ने की कोशिश करता।

'डोंट ट्राई टू बी नॉटी...।' वह मेरा इशारा समझ जाती, 'तुम लौट-फिर के उसी बात पर क्यूँ आ जाते हो। प्रमेश नाम है तुम्हारा और प्रेम के तत्व और सार को ही नहीं समझते। प्रेम तो आन्तरिक मिलन है, दो हृदयों का सामंजस्य है। फिर उसमें देह का क्या स्थान है? कालचक्र में घिसती देह की उसमें क्या भूमिका है?'

'है सलिला, जरूर है। वही तो प्यार का उत्स है। उसके बिना प्रेम अधूरा नहीं है क्या?'

'अच्छा, और फिर उसके बाद...?' वह बहुत संजीदगी से पूछती।

'उसके बाद क्या.., चरम के आनन्द में डूबे हुए पूरी जिन्दगी उल्लास और उत्साह में गुजर जाती है।' मैं एक लुभावनी, रोमानी दुनिया में गुम हो जाता।

'प्रमेश,' वह मेरी मन:स्थिति से पूरी तरह बेखबर नजर आती, 'चरम पर पहुँचने के बाद आदमी वहाँ टिककर कहाँ रह पाता है। उसके बाद तो अधोगति ही होती है। किसी भी रिश्ते की सुन्दरता और प्राण तब तक है जब तक उसमें गति बनी रहती है। जिसको तुम चरम कह रहे हो, उसकी ओर लगातार कदम बढ़ते रहते हैं और लक्ष्य प्राप्त करने की ललक बराबर बनी रहती है।' वह एकाएक अत्यन्त गम्भीर हो जाती।

'और वह लक्ष्य एक मरीचिका की भाँति आदमी को ताउम्र छकाता रहे।' मैंने मुस्कराकर कहा, 'नहीं यार, यह गलत सोच है तुम्हारी। यदि ऐसा होता तो प्यार की परिणति सदैव दुखदायी और त्रासद होती। उस चरम से हर प्रेमी दूर भागता क्योंकि हम उस प्यार को खोना नहीं चाहते जिसने हमारे जीवन को एक नयी ऊर्जा, स्फूर्ति और जीवन्तता प्रदान की है।'

सलिला हौले से मुस्कराने लगी थी। उसकी मुस्कान में कुछ उपहास और दया का भाव नजर आता जो मुझे अच्छा नहीं लगता था। मुझे मालूम था कि हमारी यह बहस अन्तहीन और बेमानी थी। इस मुद्दे पर हम कई बार बात कर चुके थे और हमारा संवाद हमेशा बेनतीजा रहता। न वह मुझे समझा पाती और न ही मैं उसे कन्विंस कर पाता।

'प्रमेश, इस मुद्दे पर मेरी-तुम्हारी सोच में गहरी फाँक है। तुम इसे स्वीकार भले ही न करो पर सच वही है जो मैं सोचती हूँ। प्यार के रिश्ते का आकर्षण, आनन्द और उत्साह तभी तक है जब तक हम उसमें गति बनाये रखते हैं। हम लगातार सीढ़ियाँ चढ़ते रहते हैं और आपको क्षितिज के पार एक गन्तव्य नजर आता है। जब तक आप उस अनन्त दिशा को देखते रहते हैं, आगे बढ़ते रहते हैं, आपका अन्तरंग उत्तेजना और चाहत से लबरेज रहता है। लक्ष्य तक पहुँचने का जज्बा और जोश आपको तरंगित रखता है। वह अभीष्ट आपके जीवन की ऊर्जा बन जाता है। प्रेम ही नहीं, जीवन के हर क्षेत्र का यह एक शाश्वत सत्य है।' उसके चेहरे पर दार्शनिकों जैसी संजीदगी बिछ जाती।

'सलिला,' मैं उसे समझाने का कोई अवसर खोना नहीं चाहता था, 'प्रेम सम्बन्धों की तुलना जीवन के किसी दूसरे काम या गतिविधि से नहीं की जा सकती। यह एक अनूठा और अद्वितीय भाव है। यह एकमात्र ऐसी उपलब्धि है जिसके सहारे लोग अपनी जिन्दगी गुजार देते हैं। यह अहसास उन्हें तरल, गतिशील और ऊर्जा से लबरेज रखता है। इसका सर्वव्यापी प्रभाव उनके जीवन की हर क्रिया-प्रतिक्रिया, नाते-रिश्तों को अत्यन्त सकारात्मक ढंग से प्रभावित करता है। जीवन में कैसी भी महान और उल्लेखनीय उपलब्धियाँ भले ही हासिल हो जाएँ पर प्रेम और उसकी संवेदना से वंचित जीवन कितना रूखा, बेरस और रिक्त है।'

'हाँ प्रमेश, पर जिन्दगी सिर्फ प्यार से ही तो नहीं चलती।' सलिला ने हँसकर कहा, 'और न ही जिन्दगी के अन्य पहलुओं से आँखें मींचकर रहा जा सकता है। तमाम रिश्ते, परिवार, पैसा, नैतिक मूल्य, सामाजिकता वगैरह की जिन्दगी में एक अहम

भूमिका है। उन्हें नकारा नहीं जा सकता। समाज और परिवार के बोझ के साथ आप अपने आन्तरिक बोझ से भी कम नहीं दबे होते हैं। यह बोझ आपके स्व का हो सकता है, आपके मूल्यों और नैतिकता का हो सकता है, परिवार और परिजनों का हो सकता है और आपके संस्कार व संस्कृति का भी हो सकता है। और यह दबाव आपको हर पल चुभता और सालता है या आपके अन्दर एक निषेध पैदा करता है। इसीलिए इस रिश्ते में चरम से दूर रहना ही बेहतर है। इसी में सब की भलाई है।'

'देवी, इस प्रवचन के लिए आभारी हूँ।' मैंने मुस्कराकर कहा, 'पर मैं आपकी बात से कतई सहमत नहीं हूँ। मैं समाज, परिवार, संस्कृति, संस्कार आदि को अनदेखा करने की बात नहीं करता। आँखें खोलकर और सब कुछ देख-समझकर हम वह सब पा सकते हैं जो जिन्दगी के लिए जरूरी महसूस होता है। हाँ, कुछ एडजस्टमेंट तो जरूरी है। दिक्कत यह है कि हम प्रेम भी पाना चाहते हैं और कहीं कोई समझौता भी नहीं करना चाहते। हमें अपनी बाहरी इमेज से ज्यादा अपने अन्दरूनी रचाव को सुरक्षित रखने की चिन्ता रहती है। और वह भी किसी और के सामने नहीं, खुद अपनी सोच में। हम अपनी जिन्दगी को जोखिमरहित देखना व जीना चाहते हैं। आत्मिक या आन्तरिक सुख के साथ भौतिक सुखों की चाहतें भी हमें कम त्रस्त नहीं करतीं। इसलिए ऐसा कोई काम करने से हम बचते हैं जो इनमें विघ्न पैदा करे। हमें सुखी-सम्पन्न परिवार चाहिए, जीने की तमाम सहूलियतें और भौतिक समृद्धि चाहिए और सब कुछ बेस्ट...। इसी से हमारे मन में दुविधा बनी रहती है और हम भ्रमित रहते हैं। मैं तुम्हें खुद इस पर फैसला लेने का वक्त देना चाहता हूँ जिससे तुम्हें कोई तकलीफ न हो बल्कि उस क्षण को एन्जॉय कर सको।'

'ओह माई गॉड! इतना भारी-भरकम उपदेश। पर हाँ, तुम्हारे तर्कों और उससे भी अधिक तुम्हारे धैर्य की तारीफ करनी पड़ेगी। बन्दे में कुछ तो अनूठा और खास है। इसीलिए इस रिश्ते से मैं इतना खुश और सन्तुष्ट हूँ।' सलिला जोर से हँसने लगी।

उसकी उन्मुक्त हँसी पर मैं मुग्ध हो जाता था। कभी सुधबुध खो बैठता था तो कभी उसके आकर्षण के मायाजाल में भटककर बातचीत का ओर-छोर ही भूल जाता था। सलिला अपने इस अचूक शस्त्र के प्रभाव को अच्छी तरह समझती थी। मुझे ट्रैक पर वापस आने में कुछ वक्त लगता।

'सलिला, मेरी कमजोरी का अच्छा फायदा उठाती हो। और हाँ, इस पर तुमसे बहस करना ही बेमानी है।'

'आई लाइक इट..।' वह मुस्कराकर मेरे हाथ पर अपना हाथ रख देती।

'मैडम, यह मत समझना कि मैं तुम्हारी बात से इत्तेफाक रखता हूँ। सलिला आई वांट...।'

'बस चुप रहो.., प्रमेश।' वह मुझे रोक देती और फिर गम्भीर स्वर में कहती,

'प्रमेश, बेवजह की बहस में उलझने के बजाय इन अद्‌भुत क्षणों का आनन्द लो। कुछ चीजें वक्त पर ही छोड़ देना अच्छा है। जीवन हो या जल, बहाव को कौन रोक पाया है। लहरों के विरुद्ध तैरना इतना आसान है क्या? जब लहरों का प्रचंड आवेग आपको बहाता है तो आप असहाय और लाचार हो जाते हैं। ऐसे में अपने आपको निश्चेष्ट छोड़ना ही शायद बेहतर है।'

'आई लाइक दिस।' बहस का यह आशावादी समापन मेरे अन्तस को लहलहा जाता। पता नहीं सलिला वो सब कहना भी चाहती थी अथवा नहीं जिसे सुनकर मैं अन्दर ही अन्दर पुलकित हो जाता।

मैंने उसके हाथ को कसकर पकड़ लिया। उस स्पर्श के पोर-पोर से उत्तेजना और आह्लाद रिस रहा था। वह मेरी आँखों में सशरीर जैसे समा रही थी। वक्त मानो थमा हुआ था। हमारी पूरी कायनात कुछेक इंचों के दायरे में सिमट गयी थी। यह अजूबा ही तो है कि एक ओर प्रेम हमारे जीवन को नया विस्तार देता है तो दूसरी ओर दो प्रेमियों को एक-दूसरे में कैसे समेट देता है।

आस-पास का पूरा माहौल जैसे हमारे अन्तस से अदृश्य हो चुका था। वहाँ सिर्फ और सिर्फ हम ही थे—एक-दूसरे के बेहद करीब और पूरी तरह डूबे हुए...।

हमें ऐसे ही लमहों की तलाश थी।

सलिला से मेरी मुलाकात एक सेमीनार के दौरान हुई थी, बेहद औपचारिक और अकादमिक। काफी शुष्क और तटस्थ। हमारी बातचीत सेमीनार के विषय पर केन्द्रित रही। हाँ, इतना जरूर पता चला कि वह शहर के ही एक महाविद्यालय में पढ़ाती थी। जाहिर था कि हमारा विषय एक ही था। इससे ज्यादा जानने की न जरूरत महसूस हुई और न ही हमने कोशिश की।

जिन्दगी में कुछ रिश्ते इतने हौले से दस्तक देते हैं कि हमें उनका अहसास ही नहीं होता। धीरे-धीरे इनका ताप रेशे-रेशे में इस तरह समा जाता है कि जिन्दगी की सारी ऊष्मा का उत्स इसी में नजर आने लगता है। आगे चलकर वो आपकी जिन्दगी से इस तरह गुँथ जाते हैं कि आप हैरान होते हैं कि पहली मुलाकात में इस रिश्ते की अहमियत और गर्माहट का आभास हमें क्यों नहीं हुआ था।

दिल्ली के सेमीनार में जब वह मुझसे दुबारा टकराई तो दो दिन के साथ ने हमारी दुनिया ही बदल दी। वहाँ अकेला मैं ही उसका पूर्व परिचित था इसलिए उसका सारा वक्त मेरे साथ ही गुजरा। शाम को उसने दिल्ली घूमने की इच्छा जाहिर की तो मैंने उसे कम्पनी दी। खाना भी साथ खाया। अगले दो दिनों में हम एक-दूसरे के बारे में काफी जान चुके थे—परिवार, बच्चे, पसन्द, नापसन्द, फोन नम्बर, हॉबीज वगैरह।

वापसी पर हमारे संवाद और शब्दों में अन्तरंगता आ गयी। दोस्ती से चाहना के बीच का सफर कैसे पार हुआ, हमें पता ही नहीं चला। एक रूखी, औपचारिक, उदासीन और ऊपरी बातचीत कैसे कोमल, वैयक्तिक और गहरे अहसास में तब्दील हो गयी, सचमुच चकित करनेवाला था। अपने विषय और देश की सामाजिक–राजनीतिक दशा और दिशा पर बात करते करते कब हम निजी सुख–दुख, आकाक्षाओं, स्वप्न और चाहतों पर बढ़ चले, हमें कतई पता नहीं चला। ज्यादातर फोन और महीने में दो–एक बार कहीं चाय–कॉफी पर मुलाकात...।

सलिला शान्त और धीर गम्भीर प्रवृति की थी। दुखी वह कभी नजर नहीं आती और बहुत प्रसन्न होने पर वह हौले–से मुस्करा भर देती। उसके अन्दर की भावनाओं को समझना आसान नहीं था। उसके अन्तर का सुख–दुख बहुत आसानी से बाहर नहीं आता था। और जब आता भी तो बेहद प्रच्छन्न अथवा गहन, गम्भीर दर्शन के लबादे में लिपटा। किन्तु वक्त के साथ हम एक–दूसरे के अन्दर पैठ बनाने में सफल हुए थे, एक–दूसरे की भावनाओं को समझने लगे थे। पर खुलकर कुछ कहने में मुझे संकोच रहा था। हालाँकि मैं जानता था कि उससे किसी पहल की अपेक्षा करना बेमानी या कम से कम अस्वाभाविक था। आखिरकार जब मैंने हिम्मत दिखलाई तो उसने मेरी बातों को हवा में उड़ाना चाहा।

'तबियत तो ठीक है आज तुम्हारी।' वह हँसकर बोली, 'ये क्या बहकी–बहकी बातें कर रहे हो?'

'मेरी बात को सीरियसली लो प्लीज। आई एम इन लव विद यू। मैं और ज्यादा वक्त तक अपने को धोखे में नहीं रख सकता। और फिर अपने को ही क्यों? तुम भी सब कुछ समझती और जानती हो। तुम्हारी आँखों में भी मुझे चाहत की इन्द्रधनुषी आभा नजर आती है। पर शायद तुम इसे स्वीकार करने से बचती हो।'

'प्रमेश,' उसकी आवाज में संजीदगी थी, 'दोस्त के नाते हम एक–दूसरे को चाहते हैं, यह तो सच है ही। इतने दिनों में हम एक–दूसरे को अच्छी तरह समझने भी लगे हैं। मुझे तुमसे बात करना और तुम्हारी कम्पनी अच्छी लगती है। अक्सर तुम्हें याद भी करती हूँ। दो दिन तक बात न हो तो मुझे अजीब–सी बेचैनी होने लगती है, इसे मैं स्वीकार करती हूँ। यू आर ए वंडरफुल पर्सन, ए वैरी लविंग फ्रैंड। प्रमेश, हमें इससे ज्यादा और क्या चाहिए?'

'क्यूँ नहीं चाहिए? दोस्त मानकर कब तक हम अपने से छल कर सकते हैं। दोस्ती और प्यार में फर्क होता है। इसे तुम अच्छी तरह जानती और समझती हो।'

'हाँ यार, जानती हूँ। पर मुझे लगता है कि हम दोस्त बनकर ही रहें तो अच्छा है।'

'क्यों आखिर? मैं तुम्हें प्यार करता हूँ और शायद तुम भी...।'

सलिला खामोश थी। उसकी नजरें नीचे झुकी हुई थीं। ऊपर से शान्त और स्थिर

दिखने के बावजूद उसके अन्तर के झंझावात को मैं महसूस कर सकता था। वह मुझसे नजरें मिलाने से बच रही थी। अनझिप आँखें दोनों हाथ की उँगलियों को एक-दूसरे से अठखेलियाँ करती देख रही थीं। पता नहीं वह अपने अन्तर्मन की गुत्थियाँ सुलझाने की कोशिश कर रही थी या मेरे धैर्य की परीक्षा ले रही थी और या मेरी भावनाओं को किसी कठिन कसौटी पर परख रही थी।

मैंने जानबूझ कर उसे वक्त दिया। जितना मैं उसे जानता था, उससे इतना तो साफ ही था कि वह आसानी से खुलनेवाली नहीं थी।

वक्त जैसे रेंग रहा था। उसका एक-एक पल मुझे बेतरह चुभ रहा था। सब कुछ साफ-शफ्फाक था पर शायद उस पर सामाजिकता, नैतिकता, संस्कार आदि का मजबूत पहरा था जिनका दवाब उसके अन्तर की भावनाओं और संवेदनाओं को प्रकट करने में अवरोध पैदा कर रहा था।

'चुप क्यों हो, सलिला?' मेरा धैर्य चुक गया, 'तुम्हारी चुप्पी को स्वीकृति मान सकता हूँ क्या?'

'स्वीकृति-अस्वीकृति की गुंजाइश कहाँ है हमारे बीच। हम एक-दूसरे की भावनाओं को अच्छी तरह समझते हैं। मुझे नहीं लगता कि हमें एक-दूसरे से कुछ सुनने की जरूरत है। हम जानते हैं कि हमारे बीच दोस्ती और प्रेम का बड़ा सघन रिश्ता है। हमारा जुड़ाव बेहद करीबी और एक-दूसरे की जरूरत है। शायद इतना ही हमारे लिए काफी है। हमें इस बारे में और कुछ सोचने की जरूरत नहीं होनी चाहिए।' पहली बार मुझसे नजरें मिलाकर उसने कुछ कहा था जो बहुत सुखद और आश्वस्तकारी था।

'क्यूँ आखिर... ?' फिर भी पूछे बिना मुझसे नहीं रहा गया।

'प्रमेश, हम लोग जिस स्थिति में हैं और जो हमारी परिस्थितियाँ हैं, उसको देखते हुए आगे बढ़ने से मुझे यह राह बहुत दुर्गम और बीहड़ दिखलाई देती है। ऐसा रास्ता कभी लक्ष्यहीन होकर भटकता है और कभी एक कोने में जाकर टकराने का अहसास कराता है। बिना उद्देश्य के किसी रास्ते पर चलना बेमानी ही तो है, प्रमेश। हम जिस समाज में हैं, वहाँ प्रेम का निकष विवाह है। और जिस रिश्ते में इसकी कोई सम्भावना ही न हो उसे गति देते हुए कैसे उसकी खूबसूरती को बचाये रखा जाए, यह अपने में एक गम्भीर चुनौती है। इसलिए इस जोखिम में बहुत सावधानी की दरकार है। यह हमारे ऊपर निर्भर है कि कैसे हम इस रिश्ते को जीवन्त रखें जिससे हमारे बीच पनपी संवेदनाएँ सुरक्षित रह सकें। बिना किसी अवरोध के हम एक-दूसरे के करीब रह सकें, मिल सकें, एक-दूसरे की भावनाओं को साझा कर सकें और आगे चलकर हम जड़ता की गिरफ्त में न आ पाएँ।'

'कैसी जड़ता.. ? तुम किस जड़ता की बात कर रही हो। प्यार में ऐसा सम्भव ही नहीं है। इस रिश्ते में एक स्वाभाविक गति है, स्पन्दन है, धड़कन है, पाने और ज्यादा

पाने की अदम्य चाहत है। यही प्यार की विशिष्टता भी है। इसके बरक्स जड़ता तो तभी आएगी जब हम स्थिर हो जाएँगे। हम इस रिश्ते को ग्रो नहीं करने देंगे और किसी बिन्दु पर आकर थमे रहेंगे जो नितान्त अप्राकृतिक और अस्वाभाविक होगा।'

'शायद मैं इस पर ज्यादा बहस नहीं कर पाऊँगी। इतना मैं समझती और जानती हूँ कि हर समझदार इंसान को अपनी दिशा और नियति स्वयं तय करनी होती है। तभी वह सुखी और सन्तुष्ट रह सकता है।'

'तो तुमने अपनी क्या दिशा तय की है? और अपनी ही क्यों, उसके साथ मेरी नियति भी जुड़ी हुई है।' मैंने पूरी गम्भीरता से पूछा।

उसने मेरी आँखों में बड़ी तीक्ष्णता से देखा और धीरे से मुस्करा दी। वह देर तक मुस्कराती रही, इतनी देर तक कि मैं उसमें समाता चला गया।

मैं उसकी इस अदा पर मुग्ध हो जाता था—एकदम पराजित और निशस्त्र। वह बातचीत को इसी तरह खत्म कर देती थी और मैं उस पर ठगा-सा महसूस करता था। उस पल मुझे इसका कतई अहसास नहीं होता पर बाद में अपने समर्पण पर कभी झुँझलाता तो कभी मुस्करा उठता। अन्दर उसकी स्वरलहरी गूँजती रहती और उसका मुस्कराता चेहरा मेरी आँखों में देर तक तैरता रहता।

हम एक-दूसरे के प्यार में डूबते जा रहे थे। दोनों को ही इसका बखूबी अहसास था। फर्क महज इतना था कि वह अहसास मेरे चेहरे, स्वर और शब्दों में पूरी शिद्दत से मुखर होता और सलिला इसे पूरी तरह जज्ब किये रहती। मेरे अन्दर कामनाओं का ज्वार उमड़ने लगा था। जब-जब मैं उससे मिलता, मेरी देह एक अजब से आलोड़न से चटकती महसूस होती। उसके स्पर्श के लिए, उसे बाहों में जकड़ने के लिए और उसे पूर्णता में पाने के लिए मैं बेचैन रहने लगा था।

और सलिला, कभी डूबी नजर आती तो कभी निहायत निस्पृह और अनासक्त। कभी अपने को जबरन रोकती दिखलाई देती तो कभी अन्दर के उफान में बहती महसूस होती। कभी एक कदम आगे बढ़ाती तो कभी दो कदम पीछे खींच लेती। कभी उसकी आँखों में इच्छाओं और चाहनाओं का उद्दाम आवेग उमड़ता नजर आता तो कभी वह बड़ी असहाय-सी दिखने लगती। कभी वह अन्तर के झंझावात में उड़ती महसूस होती तो कभी अन्दर-बाहर पूरी तरह जकड़ी हुई।

हाथ पकड़ने से चुम्बन तक का सफर पूरा करने में हमें तकरीबन दो साल लग गये।

और अब आगे...!

हैरानी की बात है न कि आदमी को अपनी जरूरतों की जानकारी तो दूर, अहसास तक

नहीं होता।

मुझे लगता ही नहीं था कि मुझे किसी दोस्त की भी जरूरत है। किसी के प्रति आकृष्ट होना या उससे प्यार करने का जज्बा तो मेरे अन्दर कभी उभरा ही नहीं। कभी ऐसा लगा ही नहीं कि जिन्दगी में एक दूसरे पुरुष की भी मुझे आवश्यकता है। मैं अपने जीवन से लगभग सन्तुष्ट थी। सुनील एक अच्छे इनसान, केरियंग पति और जिम्मेवार पिता थे। दाम्पत्य जीवन की छोटी-मोटी टकराहटों के बावजूद मुझे अपने वैवाहिक जीवन से कोई शिकायत नहीं थी। घर, गृहस्थी, पति, बच्चे और अध्यापन में घिरी मैं किसी कमी के अहसास से दुखी नहीं थी। मेरी दुनिया इन्हीं के इर्द-गिर्द चल रही थी और मुझे इसको लेकर कोई शिकायत नहीं थी।

पर पता नहीं क्यों और कैसे, प्रमेश से मुलाकात के बाद मेरे अन्दर की यह कमी एकाएक उघड़ आई थी। अन्तर की पर्तों में जमी अनजान-सी तड़प मुझे एकाएक बेचैन करने लगी थी।

जो रिश्ता महज एक औपचारिक मुलाकात से आरम्भ हुआ, वह कब पहले दोस्ती और फिर प्यार में बदल गया, मुझे पता ही नहीं चला। दिल्ली में हुई दूसरी मुलाकात के बाद मुझे उसमें एक अच्छा दोस्त नजर आने लगा था। उसका साथ, उससे बातें करना मुझे एक अज्ञात सुख और सन्तुष्टि से भर देता था। विषय और विषय से इतर कला, साहित्य और संस्कृति के तमाम सामयिक मुद्दों पर उससे बात करना मुझे बेहद अच्छा लगने लगा था।

मुझे लगता कि मेरी बौद्धिक जरूरतों का भरपूर भंडार था उसके पास। मेरी आन्तरिक दुनिया का विस्तार होने लगा था। प्रमेश से बातें करके मैं अपने अन्दर की एक नयी और अनजानी क्षुधा से रू-ब-रू हो रही थी। मुझे लगने लगा कि प्रमेश के साथ के बिना मैं कितनी अधूरी थी। मानसिक और बौद्धिक जरूरत कब और कैसे भावनात्मक जरूरत में तब्दील हो गयी, मुझे पता ही नहीं चला। मेरे दिल में कब और कैसे सेंध लगी, मुझे रत्ती भर भी अहसास नहीं हुआ।

हाँ, मैं सचमुच प्रमेश से प्यार करने लगी थी। पर मैं खुद से ही इसे स्वीकार नहीं कर पाई थी। किसी तरह की पहल करने का तो सवाल ही नहीं था।

'तुम्हें क्या लगता है,' प्रमेश ने एक दिन मुझे इस सच्चाई से सामना कराया, 'बिना प्यार के हम दोनों यूँ ही घंटों बात करते हैं?'

'ऐसा क्यों सोचते हो तुम? दोस्ती से अच्छा रिश्ता तो कोई है ही नहीं। फ्रेंड्स तो आपस में घंटों बात करते हैं।' मैंने मुस्कराकर कहा हालाँकि मैं अपने तर्क से खुद ही आश्वस्त नहीं थी क्योंकि जो बात प्रमेश कह रहा था, उसमें कहीं गहरी सच्चाई थी। पर मैं प्यार शब्द से बचना चाहती थी। अपने रिश्ते को दोस्ती की हद में बाँधे रखना चाहती थी। प्रमेश ने तो दिल्ली से आने के कुछ दिनों बाद ही अपनी भावनाओं का इजहार कर

दिया था और सच यह था कि मुझे अन्दर तक एक अचीन्ही प्रसन्नता का अहसास भी हुआ था।

प्रमेश ने कुछ नहीं कहा। वह बड़ी गहरी और चुभती नजरों से मुझे एकटक घूरता रहा जैसे मेरी बात को मेरे अन्दर जाकर जाँचने और परखने की कोशिश कर रहा हो।

'प्लीज प्रमेश, इस रिश्ते को दोस्ती तक ही रहने दो। मित्रता एक निस्वार्थ और स्वीकार्य सम्बन्ध है। बिना अपेक्षाओं के भी यह ताउम्र चलता रहता है। पर प्यार में उम्मीदों और ख्वाबों का संसार फैलने लगता है। हमारी चाहतें पंख लगाकर उड़ने लगती हैं और हम ज्यादा और ज्यादा पाने को आतुर हो जाते हैं। प्रेमी एक-दूसरे को पूरी ढील देते हैं। धीरे-धीरे उनके जीवन में वह दूसरा पुरुष या स्त्री ही पूरी जगह घेर लेता है। फिर किसी और के लिए कोई स्पेस नहीं बचता।'

'ठीक है न। मुझे ऐसे ही अनन्य और अटूट प्यार की चाहत है, सलिला। ऐसे ही रिश्ते के लिए बरसों से मैं इन्तजार कर रहा था। तुमने उस कमी की पूर्ति की है, सलिला।'

'पर ये भला कैसे मुमकिन है प्रमेश। हम दोनों अलग-अलग नावों में सवार हैं। हमारे सहयात्री हैं, उनके प्रति हमारे कुछ कर्तव्य हैं। उनसे हमारी और उनकी हमसे कुछ अपेक्षाएँ हैं। बच्चे हैं, उनकी जिम्मेवारी हम पर है। फिर किसी और के स्पेस होने की बात करना हास्यास्पद ही तो है और या अपने आप को और अपनी दुनिया को झुठलाना भर है।'

'मैं कर्तव्यों और दायित्वों से विमुख होने की बात कहाँ कर रहा हूँ।' उसने पूरी गम्भीरता से उत्तर दिया, 'क्या आदमी का सामर्थ्य, उसकी क्षमताएँ इतनी सीमित हैं कि हम उन बन्धनों के साथ अपने निजी जीवन का विस्तार नहीं कर सकते जिससे हमें ऊर्जा मिले, हम प्रेरित हों और पूर्णता के अहसास से सराबोर हो सकें।'

'मुझे नहीं मालूम कि तुम्हारी बात में कितना सार है। काश ऐसा होना सम्भव होता। पर वास्तविकता इतनी सतही और स्वप्निल नहीं होती। यथार्थ बड़ा खुरदरा और कंटीला है, प्रमेश। एक स्वप्नमयी प्रदेश का लुभावना सफर हमेशा आकर्षित करता है पर उसके मोड़ों और घुमावों पर आदमी कई बार चकरघिन्नी की तरह भटकता रहता है। मैं इस भटकाव से बचना चाहती हूँ और तुम्हें भी बचाना चाहती हूँ।'

अक्सर हम दोनों चुप हो जाते और हमारी बात बेनतीजा रहती।

कभी लगता कि उसकी भावनाएँ मुझे बहा रही हैं तो कभी वह भी मेरे तर्क से घिरा-सा महसूस होता। हाँ, रात-दिन उसका ख्याल मेरे मन-मस्तिष्क को उत्तेजित और उद्वेलित किये रहता। उससे बात करने से ज्यादा उसके करीब होने की चाहत मुझे बुरी तरह जकड़ने लगी थी और मैं सायास जितना उससे मुक्त होने की कोशिश करती, उतना ही ज्यादा घिरी महसूस करती। रात-दिन उसका चेहरा मेरे जेहन और दिल में घूमता

रहता। मैं स्वयं चकित और कुछ हद तक परेशान थी। उससे बात करने और मिलने की बेचैनी मुझे रात-दिन त्रस्त किये रहती। बहुत जल्दी मुझे लगने लगा था कि हमारा रिश्ता महज दोस्ती नहीं है। मुझमें आता बदलाव मुझे खुद महसूस होने लगा। फिर भी प्रमेश के सामने अपनी भावनाओं की स्वीकारोक्ति करने में मुझे सालों लग गये।

अब हम उत्तेजना के आवेग में बह रहे थे। फोन पर हम घंटों बात करते और जब फोन रखते तो एक अधूरेपन का अहसास हमें जकड़े रहता। मिलने की चाहत हमें झकझोरे रखती। अब हमें एकान्त चाहिए था और उसकी तलाश में हम भटकते रहते। कभी लाँग ड्राइव, कभी पार्क, कभी पिकनिक स्पॉट तो कभी मल्टीप्लेक्स थिएटर... । देह की पुकार कानों और दिमाग में हर पल गूँजती रहती। उसके स्पर्श के लिए मेरे अन्दर तड़प पैदा हो गयी थी। पहले हाथ और फिर... । जब चलती कार में उसने मुझे आलिंगन के लिए खींचा तो मैं चुम्बक की मानिन्द उसकी ओर खिंची चली गयी। उसके होंठ मेरे होंठों पर थे पर मैं खुद उसके होंठों पर अपना दबाव बनाने के लिए लालायित थी। मुझे एक नये तरह की तृप्ति का अहसास हुआ था, एकदम भरा-भरा... जो अब छलकने को बेताब था।

पर मैं अपने से लगातार लड़ती रहती। अपने को रोकने की कोशिश करती रहती। हम प्रेम की चहारदीवारी पर आकर खड़े थे और प्रमेश उसे लाँघने के लिए आतुर था। इधर-उधर चलने की बात करता तो मैं उसे टोक देती, 'देखो, हमें प्यार की तलाश थी, वह हमने पा लिया। अब इसे आगे उस हद तक मत ले जाओ जहाँ सिर्फ अँधेरा जंगल है, भटकाव और दिशाहीनता है। तुम्हारे प्यार ने मुझे बहुत कमजोर बना दिया है, प्रमेश। अब और मत... । कब तक मैं अपने से लड़ती रहूँगी। प्रमेश प्लीज... ।'

'क्या बचकानी बात करती हो सलिला। प्यार देह से इतर नहीं है। प्यार है तो उसमें देह तो शामिल है ही। प्यार में होने से खुद ब खुद देह की पुकार मुखर होने लगती है। इसे कब तक नजरअन्दाज किया जा सकता है या बचा जा सकता है और आखिर क्यों... । हमें इस सच को स्वीकारना होगा।'

'मैं इस मुद्दे पर तुमसे बहस नहीं करना चाहती। तुम्हारी बात सच हो सकती है पर प्रमेश, मुझे यह बताओ कि प्यार के इस रास्ते पर देह के आगे फिर क्या है। मुझे लगता है कि प्रेम का आनन्द और उसकी सन्तुष्टि उसकी गति में है। और जब एक बिन्दु पर आकर वहीं अवरुद्ध हो जाए तो फिर क्या बचता है।' कुछ पलों की खामोशी के बाद मैंने कहा, 'मुझे नहीं मालूम कि मैं तुम्हें समझा पाऊँगी या नहीं... ।'

प्रमेश बड़ी अजनबी नजरों से मुझे देखता रहा जिसमें शायद कुछ उपहास, कुछ बेसमझी और कुछ बेगानापन था। फिर वह धीरे से मुस्कराया और कहा, 'मुझे कुछ नहीं समझाना तुम्हें, सलिला। समझना तुम्हें है। मेरी सोच तो एकदम साफ है। प्यार और उसके आयामों को लेकर मेरे अन्दर कोई भ्रम नहीं है।'

'मैं जानती हूँ पर तुम मेरी बात का जवाब भी तो नहीं दे पा रहो हो।'

'सलिला, ऐसा क्यों सोचती हो कि देह प्रेम का आखिरी पड़ाव है।'

'मुझे तो ऐसा ही लगता है। एक बार हम उसमें डूब गये फिर कहाँ और किस मंजिल पर उबरकर जाएँगे। विवाह-पूर्व और विवाहेतर प्रेम में शायद यही फर्क है। पहले में भविष्य है, देह से इतर भी आप बहुत कुछ पाना चाहते हैं पर दूसरे में दैहिक संसर्ग के बाद... ?'

'बाद से क्या अभिप्राय है?' प्रमेश के स्वर में हल्की सी झुँझलाहट थी, 'सलिला, प्रेम एक अनवरत यात्रा है। प्रेग गें होने का मतलब ही हर रोज एक नयी संवेदना, ऊष्मा और स्फूर्ति से सराबोर होना है। यह यात्रा क्षितिज के पार की है, अनवरत, दिगदिगन्त तक... । सलिला, प्रेम हर पल एक नये रूप में प्रकट होता है, नयी संवेदना का अहसास कराता है। नयी तरह की चाहत और उत्तेजना पैदा करता है। इसलिए तुम्हारी सोच ठीक नहीं है। और हाँ, मुझे लगता है कि यह तुम्हारी सोच न होकर तुम्हारे अन्दर जमे पुराने संस्कार और मूल्यों का दबाव भर है।'

'ठीक है, मैं मानती हूँ पर क्या देह के बिना इस यात्रा में कोई कठिनाई है? क्या देह से दूर रहकर प्रेम सम्भव नहीं है? क्या हम किसी को अटूट प्यार करते हुए इस मिलन से विलग नहीं रह सकते?'

'शायद तुम किसी आदर्श की बात कर रही हो जिसका जवाब देना कठिन है। पर हाँ, यह मुझे अस्वाभाविक और अप्राकृतिक जरूर लगता है। स्त्री और पुरुष की संरचना ही ऐसी है कि प्यार का अहसास होते ही देह झंकृत हो जाती है। हम एक-दूसरे के करीब और ज्यादा करीब आना चाहते हैं जिसकी परिणति दैहिक मिलन ही है।'

'क्या यह संसर्ग ही प्रेम का निकष है, प्रमेश?'

'नहीं, ऐसा मैं नहीं कह सकता,' प्रमेश मेरे सवाल पर कुछ चौंका था, 'पर इसे गैर-जरूरी भी नहीं मानता क्योंकि यह स्त्री-पुरुष सम्बन्धों की एक नैसर्गिक परिणति है।'

'प्लीज प्रमेश, मैं इससे बहुत डरती हूँ। इसे लेकर मेरे अन्दर भय और आशंकाओं का मकड़जाल है। पता नहीं क्यों, मुझे लगता है कि इस सब के बाद हमारे रिश्ते में वो बात नहीं रहेगी या कम से कम वह आकर्षण नहीं रहेगा जो आज है। कहीं तुम मुझसे दूर न चले जाओ या मैं ही... ।' कहते-कहते मैं रुक गयी। अन्दर उठी भावनाओं का ज्वार मेरे गले में चुभ रहा था। कुछ पलों की खामोशी के बाद अपनी आवाज में मामूली थरथराहट के साथ मैंने कहा, 'प्रमेश, मैं तुम्हें खोना नहीं चाहती। अब तुम मेरे जीवन के लिए निहायत जरूरी हो।'

'खोना... ?' वह हँसने लगा, 'इस रिश्ते से तुम मुझे खोओगी नहीं बल्कि तुम खुद पूर्णता के अहसास से सराबोर होगी। एक-दूसरे को समग्रता में पाना कैसा अद्‌भुत भाव है, तुम अच्छी तरह समझ सकती हो।'

मुझे आगे कुछ नहीं सूझता था। मैं अपने से ही हार रही थी। जिस नैसर्गिक परिणति की बात प्रमेश करता था, उसका अहसास बड़ी शिद्दत से मुझे होने लगा था। मेरे अन्दर भटकन पैदा हो गयी थी। और भटकाव के उस अरण्य में मैं बार-बार प्रमेश की देह से टकराता महसूस करने लगी थी।

मुझे लगने लगा कि मेरे पास कोई दूसरा मार्ग शेष ही नहीं है। मैं जिस रास्ते पर चलने से बचने की कोशिश करती, वही गन्तव्य मुझे लुभाता नजर आता।

मेरे अपने तर्क अब मुझे छकाने लगे थे।

मेरी अपनी जरूरतें मुझे असहाय और विकल्पहीन छोड़ गयी थीं।

सलिला ने मेरे जीवन में जितनी सहजता से प्रवेश किया था, उतनी ही सरलता से वह मुझसे दूर हो गयी। सबसे हैरानी की बात यह थी कि इस पनपती दूरी का अहसास हम दोनों को ही बड़ी देर से हुआ। और जब हुआ तो शायद बहुत देर हो गयी थी।

हमारे बीच कभी कोई विवाद नहीं हुआ, किसी मुद्दे पर तकरार नहीं हुई और न ही वह मेरे किसी आचरण से किसी भी प्रकार क्षुब्ध अथवा आहत हुई। कम से कम ऐसा आभास उसने मुझे कभी नहीं कराया। इतना ही नहीं, न उसने कभी दूर जाने को कहा और न ही कभी मुलाकात पर जाहिरा तौर पर बन्दिश लगाई। जिस दिन हमने अपने देह की सीमाओं का अतिक्रमण किया, उस दिन भी वह बेहद सहज और संकोचहीन थी और प्रेम की पूर्णता के अहसास से तृप्त और आह्लादित दीख पड़ी थी।

हाँ, अगले तीन दिन न उसने फोन किया और न ही मेरे फोन का उत्तर दिया। मैंने मिलने के लिए एसएमएस किया तो उसका मुख्तसर सा सन्देश आया—जल्दी ही मिलेंगे।

हम अगले एक महीने तक नहीं मिले। न मिलने के उसके पास तमाम कारण थे—कभी मेहमाननवाजी, कभी बीमारी हारी तो कभी बच्चों के टेस्ट। मैं उसके व्यवहार से त्रस्त अनुभव करने लगा था। कभी झुँझलाहट भी महसूस करता और उसकी उदासीनता को अपने ऊपर भी ओढ़ लेता। नतीजतन अगले तीन-चार दिन हमारे बीच कोई सम्पर्क ही नहीं होता।

अगले कुछ महीनों में ही हमारे बीच दूरी आने लगी थी। फोन पर या मिलने पर वह उतनी उत्साहित नहीं दिखलाई देती। उसकी आवाज से चहक तिरोहित हो रही थी। कई बार बात करते-करते वह खामोश हो जाती और ऐसा लगता कि वह कहीं खो गयी है अथवा किसी गहरे पसोपेश में उलझ गयी है। नतीजतन फोन पर बातों का सिलसिला कम होने लगा और हमारी मुलाकातें कम और औपचारिक होने लगीं। हैरानी की बात यह थी कि इसे लेकर हम एक-दूसरे से कोई शिकायत भी नहीं करते थे। कुछ वक्त के

बाद हमें यह सब बड़ा सहज और स्वाभाविक प्रतीत होने लगा था।

जिस शालीनता और लालित्य के साथ वह मेरे जीवन में आई थी, उसी मधुरता और आत्मीयता के साथ वह मेरे जीवन से बेदखल हो गयी। वह इस बारे में मुझसे कोई बात नहीं करना चाहती थी और जोर देकर कहती कि वह मुझसे बेहद प्यार करती है और हमेशा करती रहेगी।

...फिर...! इस रिश्ते के प्रति उसमें आयी बेरुखी सचमुच मेरी समझ से परे थी। मिलने पर उसके चेहरे पर वह उत्साह और आतुरता नदारद होती और बड़ी संक्षिप्त सी बात के बाद वह खिसकने को उद्यत दीखती।

मैं उससे विस्तार से बात करना चाहता था, उसके अन्दर आए बदलाव का कारण पूछना चाहता था, उसे समझाना चाहता था पर वह लगातार इससे बचती रही। आखिर एक दिन जब मैंने उससे कॉफी हाउस चलने की जिद की तो उसके चेहरे पर अजब-सी झेंप की झाइयाँ उभर आयीं। मेरे साथ को लेकर उसमें कोई उत्साह नहीं था। उसकी पूरी बॉडी लैंग्वैज बड़ी नकारात्मक और निष्क्रिय थी। मेरे बार-बार आग्रह पर ही वह साथ चलने को तैयार हुई।

'क्या बात है सलिला ? तुममें इस बदलाव की वजह क्या है आखिर ? क्या मेरी किसी बात से नाराज या दुखी हो ?'

वह काफी देर गुमसुम-सी बैठी रही, नजरें नीचे किये, शून्य में भटकती, शायद अपने अन्दर चल रहे बवंडर से उबरती और या सच कहने का साहस जुटाती...।

'सलिला, मेरे लिए यह जानना निहायत जरूरी है वरना मैं अपने को कभी माफ नहीं कर पाऊँगा।'

'नहीं, ऐसा कुछ मत सोचो प्रमेश। तुमने ऐसा कुछ नहीं किया जिससे तुम्हारे अन्दर कोई अपराधबोध पनपे। मुझे मालूम है कि तुम मुझे बेइन्तिहाँ प्यार करते हो और यह भी सच है कि मैं भी...।' वह कुछ लमहों के लिए ठहरी और फिर मेरे चेहरे पर नजरें गड़ाकर कहने लगी, 'प्रमेश, मुझे नहीं मालूम कि मेरे अन्दर क्या हो रहा है या मैं इस रिश्ते के बारे में ऐसा क्यूँ सोचने लगी हूँ। पर सच कहूँ कि हो वही रहा है जिसका मुझे डर था। मुझे हमेशा लगता था कि सम्बन्ध तभी तक जीवित रहता है जब तक उसमें गति है। गतिविहीन सम्बन्ध जड़ता को प्राप्त होने लगता है। शायद हर रिश्ते के साथ ऐसा ही होता है चाहे वह पति-पत्नी का ही क्यों न हो। प्रेम, विवाह, बच्चे, उनका लालन-पालन, शादी-ब्याह आदि रिश्ते को गति देते हैं और उसका विकास भी करते हैं। पर...!'

सलिला एकाएक रुक गयी। उसने अपनी नजरें नीचे झुका लीं।

मैंने उसे बड़े गौर से देखा। उसके चेहरे पर संशय, संकोच और असम्पृक्ति के भाव थे। शायद अपने अन्दर उमड़ते भावों को वह शब्दों का जामा पहनाने की कोशिश

कर रही थी।

'बोलो सलिला, कहना क्या चाहती हो?'

सलिला ने नजरें उठायीं। उसके चेहरे पर अजब-सी झेंप भरी मुसकान थी। मेरी सवालिया नजरों से वह असहज महसूस कर रही थी।

'तुम अच्छी तरह समझ रहो हो कि मैं क्या कहना चाहती हूँ।' वह कुछ देर के लिए रुकी और फिर गला खंखारकर कहा, 'प्रमेश, प्लीज मेरी बात का बुरा मत मानना। पर तुम्हीं बतलाओ कि हमारे रिश्ते में अब आगे क्या है। प्रेम के आखिरी सोपान पर हम आ गये हैं। अब आगे... ?'

'सलिला, मुझे तुम्हारी बात बिलकुल समझ में नहीं आ रही। प्रेम एक शाश्वत सम्बन्ध है। आपसी समझ और संवेदना से यह ताउम्र जीवित रहता है। क्या यह जीवन की बड़ी उपलब्धि नहीं है कि हम एक-दूसरे को इतना चाहते हैं और हमारे जीवन में इतना प्यार करनेवाला कोई है।'

'पर प्रमेश, क्या यह दुहराव नहीं है? तुम कहते थे न कि बिना देह मिलन के प्यार में पूर्णता का अहसास नहीं होता। हमने वह सम्पूर्णता प्राप्त कर ली है। इसके आगे अब मुझे कुछ भी नजर नहीं आता।'

'क्या नजर नहीं आता? सलिला, हमारे जीवन में अब प्रेम, उसके सौन्दर्य व सुगन्ध की नयी धारा प्रवाहित हो रही है। हमारे बीच एक नया रिश्ता जुड़ा है जो हमें तरंगित रखता है। मैं तो इसे जीवन की बड़ी उपलब्धि मानता हूँ।'

'पर इस रिश्ते का भविष्य क्या है? अब आगे कहाँ बढ़ेंगे हम? सब कुछ खत्म है न अब।'

'क्या... ?' मुझे गहरा आघात लगा, दुख भी हुआ, 'ऐसा क्यों सोचती हो सलिला? मैं तुम्हें हमेशा प्यार करना चाहता हूँ, और करूँगा भी।'

'शायद हाँ..।' उसने बड़े ठंडे स्वर में उत्तर दिया, 'और शायद वही प्यार की जड़ता है। इसीलिए मैं उतना उत्साहित महसूस नहीं करती। मेरे दिल में तुम्हारे लिए जो स्थान है वो हमेशा रहेगा। तुमने मेरे जीवन को एक नया रंग, नया रूप और नया आस्वाद दिया है जिसे मैं सँजोकर रखना चाहती हूँ। इसके लिए मैं तुम्हारी ऋणी भी हूँ। प्रमेश, गलत मत समझना मुझे। मुझे न तुमसे कोई शिकायत है और न अपने से। न ही मेरे अन्दर शर्मिन्दगी या प्रायश्चित का कोई भाव है। पर शायद हमें...।'

कुछ कहते-कहते वह चुप हो गयी।

मैं सिर्फ उसका चेहरा देखता रहा।

पता नहीं क्यों, मैं उसके तर्क का कोई उत्तर नहीं दे सका। मेरे अन्दर बहुत कुछ उमड़-घुमड़ रहा था पर एक अजब-सी बेचारगी से जकड़ा हुआ, मैं खामोश रहा।

कुछ देर बाद वह उठकर चली गयी, बिना कुछ कहे।

उसने पीछे मुड़कर भी नहीं देखा।

मैंने भी उसे रोकने की कोशिश नहीं की जिसका मुझे लम्बे अरसे तक मलाल रहा।

उसका मेरे जीवन से प्रस्थान हो गया था।

[2]

जीवन में किसी की अनुपस्थिति कैसे खालीपन का अहसास कराती है, यह सलिला से दूर होने पर ही मैंने जाना। पहली बार पता चला कि कैसे एक व्यक्ति स्वयं अपना स्थान बनाकर एक रिक्ति की संरचना कर देता है। जब वह मेरे जीवन में नहीं थी तब क्यों मेरा जीवन भरा और पूर्ण लगता था। जिन्दगी से उसके प्रस्थान से हर पल मुझे ऐसा आभास होता था कि कहीं कुछ मिसिंग है, मुझसे कुछ खो गया है। हर पल एक त्रासद आलोड़न मेरे अन्तर्मन को हलकान किये रहता था। मैं आत्मविश्लेषण करता रहता कि मैं कहाँ गलत था, मैंने क्या अपराध किया था जिसकी परिणति एक अत्यन्त आत्मीय रिश्ते के दर्दनाक खात्मे में हुई, एक सहृदय, सुकोमल, संवेदनशील और समर्पित मित्र मुझसे छिटककर दूर हो गया।

मेरे अन्दर एक बेचैनी घर कर गयी थी।

मुझे इस आघात से उबरने में खासा वक्त लगा। सब कुछ जानते-समझते हुए भी मैं खुद को यकीन नहीं दिला पाता कि सलिला मेरे जीवन से बेदखल हो चुकी है। उसका साया मेरे इर्द-गिर्द मँडराता नजर आता। मेरे जीवन की हर गतिविधि और वक्त की पदचापों से उसकी याद इस तरह जुड़ी थी कि उसे भूलना इतना आसान नहीं था। अक्सर मैं सन्तप्त और दुखी हो जाता कि मैंने उसे समझने में भूल क्यों की। प्यार के जिस स्वरूप की उसकी परिकल्पना थी, उसका अतिक्रमण मैंने क्यों किया। कभी उसके तर्कों में मुझे सार नजर आता और मैं दुख व अवसाद के बवंडर में झूलता महसूस करता। जब प्रेम दो लोगों के उल्लास और उछाह का उत्स है तो साथी की भावनाओं का सम्मान करना अपरिहार्य है। शायद यही मेरी भयंकर चूक थी जिसका खामियाजा मुझे जीवनपर्यन्त भुगतना था।

सलिला से अलगाव की पीड़ा को मैंने अपने अध्ययन और साहित्य पर ध्यान देकर कम करने की कोशिश की। एक बार फिर कविताएँ मुझे अपनी ओर खींचने लगीं हालाँकि मैं कवि नहीं था और न ही मैं रचनात्मकता की ओर प्रवृत्त महसूस करता था। पर कविताओं की अच्छी समझ होने का दावा कर सकता था। समकालीन कवि और कविताओं के सम्पर्क में रहता और यदा-कदा उन पर लम्बी टिप्पणियाँ लिखता जो पत्र पत्रिकाओं में प्रकाशित होतीं।

एक प्रमुख साहित्यिक पत्रिका में एक नयी कवयित्री की अच्छी कविताओं ने मेरा ध्यान आकृष्ट किया था। उसे जानने की उत्सुकता हुई थी। शायद उसके नाम और बेहद आकर्षक चित्र की भी उसमें बड़ी भूमिका थी।

कई दिनों की कशमकश के बाद मैंने निमिषा को फोन किया। फोन पर उसकी अत्यन्त सुरीली और रसीली कर्णप्रिय आवाज ने मुझे कहीं अन्दर तक बड़ा सुखद अहसास कराया था। उसकी आवाज की कशिश ने मेरे अन्दर तरल अनगूँज पैदा की थी।

हैरानी की बात यह थी कि उसने भी बातचीत में पूरी दिलचस्पी दिखलायी। बिना किसी औपचारिक परिचय और मेरे बारे में कोई भी जानकारी लिए बिना वह मुझसे साहित्य, पत्र-पत्रिकाओं और कविताओं के बारे में देर तक बात करती रही। अपनी अन्य प्रकाशित रचनाओं के बारे में विस्तार से बतलाती रही। ऐसा लगा ही नहीं कि यह हमारा पहला संवाद है। उसकी बातचीत में एक सहज मित्रता भाव था।

मैं उसकी सहजता से प्रभावित हुए बिना नहीं रह पाया। उसके खुलेपन से मैं चकित भी था। अलबत्ता उसमें एक युवा रचनाकार का उत्साहातिरेक साफ-साफ झलकता था। यह तो मुझे बाद में ही पता चला कि इस तरह की फोन कॉल्स से वह बहुत उत्साहित महसूस करती थी। उसके अन्दर फैन्स की अवधारणा थी और एक सेलेब्रिटी बनने का ख्वाब सँजोए अपने प्रशंसकों से वह पूरी तन्मयता से बात करती थी। अक्सर उसका फोन व्यस्त रहता और पूछने पर वह अपने उस फैन के बारे में पूरे जोशोखरोश और साफगोई से बतलाती थी।

अपने पहले कविता संग्रह के प्रकाशन को लेकर वह बेहद उत्साहित थी जो किसी भी नये रचनाकार के लिए स्वाभाविक ही है। पांडुलिपि लेकर वह दिल्ली के नामचीन प्रकाशकों से मिली। एक तो उसकी कविताएँ अच्छी थीं और फिर उसका आकर्षक व्यक्तित्व। यही नहीं, बात करने में उसकी सम्मोहक अदाएँ, जिसका आभास मुझे उससे मिलने के बाद हुआ, किसी को भी धराशायी कर सकती थीं। कई बड़े प्रकाशकों ने उसका संग्रह छापने में दिलचस्पी दिखायी।

कविता-संग्रह प्रकाशित हुआ तो उसकी एक प्रति उसने मुझे भी भेजी। अन्य मित्रों, आलोचकों और कवियों को भी उसने अपना संग्रह भेजा था। फिर वह लगातार उनसे फोन के जरिये सम्पर्क में रहती। कविताओं के बारे में उनकी राय जानने के लिए उतावली रहती। जाहिर है कि फोन पर लोग उसकी प्रशंसा करते जिसका प्रभाव उस पर कई-कई दिन रहता। वह उनसे सम्पर्क बनाए रखती। अगर वह साहित्य का जाना-माना नाम होता तो उनसे समीक्षा लिखने का अनुरोध करती।

हमारे बीच बातचीत का क्रम बढ़ता चला गया। उसका आकर्षक व्यक्तित्व, मधुर स्वर और चहकता अन्दाज मुझे उसकी ओर खींच रहा था। उससे बात करने में मुझे रस आने लगा। तकरीबन हर रोज हम बात करते। ज्यादातर वह खुद ही बोलती।

अपने संग्रह पर मिली प्रतिक्रियाओं को पूरे आवेग और उल्लास के साथ बखान करती। जो कोई उसकी कविताओं की प्रशंसा करता उसके शब्दों को वह अपनी डायरी में लिख लेती और फिर मुझे सुनाती। कभी उन टिप्पणियों को स्थानीय समाचारपत्रों में भी प्रकाशित करा देती।

उसने अपने संग्रह का भव्य विमोचन कराया जिसकी बड़ी औपचारिक और सरसरी सूचना मुझे भी दी। मैंने इस अवसर का लाभ उठाया और उस कार्यक्रम में पहुँच गया। विमोचन से ज्यादा मैं उससे मिलने का उत्सुक था। वहाँ कुछ जाने-माने आलोचक और कवि भी नजर आये जिन्होंने मंच से उसकी तुलना अनेक नामचीन कवियों से कर डाली। 'कविता के क्षितिज पर नया विस्फोट' जैसे अलंकारों से उसे नवाजा गया। यह कोई नयी बात नहीं थी क्योंकि प्रायोजित कार्यक्रमों में इस तरह के विशेषणों का प्रयोग मैं अक्सर सुनता रहा था। अलबत्ता एक नवांकुर के लिए ऐसी टिप्पणियाँ उत्साहजनक होना लाजिमी हैं।

जाहिर है कि समारोह का केन्द्र-बिन्दु होने के कारण वह काफी व्यस्त थी और उतनी ही प्रसन्न। उसका चेहरा उपलब्धि और उल्लास के गुदगुदाते भाव से दमक रहा था। उसकी नजरों में एक चपलता थी जिसमें नृत्य-भंगिमाओं का सौन्दर्यबोध था।

मैं उससे मिलकर बेहद खुश था। हालाँकि हमारी मुलाकात बड़ी औपचारिक और केवल समारोह के दौरान ही हो सकी।

वह सचमुच सुन्दर और आकर्षक महिला थी। गेहुँआ रंग, सलोना चेहरा, लम्बी और छरहरे बदन की निमिषा अपनी मोहक अदाओं से हर किसी का ध्यान अपनी ओर खींचती थी। उसके चेहरे का लावण्य आत्मविश्वास से दिप-दिप करता था। मैं उससे प्रभावित हुए बिना नहीं रह सका। वापस लौटने पर मैं काफी उत्साहित और उत्तेजित था। उससे बात करने के लिए परेशान रहने लगा। उसने भी मुझे कभी निराश नहीं किया। सुबह सात बजे भी वह मुझसे हलो और गुड मॉर्निंग कर लेती और रात के ग्यारह-बारह बजे भी फुसफुसाकर बतिया लेती। कई बार मैं ही संकोच करता तो समझाने लगती कि अध्ययन और लेखन के बहाने वह अपने लिए एकान्त तलाश लेती थी।

हमारी मित्रता गहराती गयी। दिन में कई-कई बार हम फोन पर साथ होते। कभी मैं कहीं घिर जाऊँ तो वह बार-बार फोन करती। हमारी दिनचर्या में एक-दूसरे की मौजूदगी इस तरह घुलमिल गयी कि उसमें कहीं कोई गोपनीयता नहीं रह गयी थी। मैं कब उठता हूँ, कब कॉलेज जाता हूँ, मेरे पीरियड्स कब होते है, कब मैं बात करने के लिए फ्री होता हूँ, घर लौटने पर मेरा क्या शेड्यूल रहता है, रात में कब सोता हूँ वगैरह की पूरी जानकारी उसे रहती। मुझे भी उसके आने-जाने, काम करने, पति या बच्चों के साथ कहीं जाने आदि के बारे में पूरी तरह पता रहता। जाहिर था कि हमारा रिश्ता दोस्ती

से आगे बढ़ गया था। हालाँकि मेरे हृदय में यह आशंका हमेशा कुलबुलाती रहती कि क्या वह औरों से भी इतनी ही आत्मीयता से बात करती है।

यह मेरे अन्दर सन्देह का बबूला था, अपने पर अविश्वास या उस पर भरोसे की कमी, मैं समझ नहीं पाता। हालाँकि मुझे हमेशा लगता कि वह एक सरल और सहज लड़की थी। जितनी साफगोई से वह अपने मित्रों और परिवार के बारे में बतलाती थी, उससे मुझे ऐसा ही आभास होता। शायद उसकी यही साफगोई और खुलापन मेरे अन्दर असुरक्षा का भाव भी पैदा करता था।

कई महीने यूँ ही गुजर गये। मैं उसके प्यार की गिरफ्त में था या उसके प्रति जबरदस्त आकर्षण से बँधा था और या दोनों ही, मैं ठीक तरह समझ नहीं पाता था। अक्सर मैं निमिषा की तुलना सलिला से करने लगता। मुझे दोनों में साफ फर्क नजर आता। सलिला सौम्य और धीर-गम्भीर स्वभाव की थी, अपने परिवार और नौकरी तक सीमित, पर निमिषा में महत्त्वाकांक्षाओं का तूफान उमड़ता नजर आता। सलिला की जिन्दगी में परिवार और बाद में मेरे अलावा और शायद कुछ नहीं था और वह इससे बेहद सन्तुष्ट और सुखी प्रतीत होती। किन्तु निमिषा की उड़ान दिग-दिगन्त तक भटकी हुई महसूस होती। कुछ पाने और ज्यादा पाने की अदम्य लालसा उसे उद्वेलित किये रहती। और इसके लिए वह हर सम्भव प्रयास व परिश्रम करती।

दोनों के प्रति अपनी भावनाओं में भी मैं एक अन्तर महसूस करता था। सलिला के साथ रिश्ते में देह काफी बाद में आयी थी और वह भी एक नेमेसिस के तौर पर। देह एक प्रतिपक्ष की भूमिका में प्रकट हुई और अपने झंझावात में सलिला को मुझसे दूर उड़ा ले गयी।

लेकिन निमिषा के साथ रिश्ते की शुरुआत ही शारीरिक आकर्षण से हुई थी। पहले पत्रिका में छपा फोटो और फिर रूबरू मुलाकात। हैरानी की बात यह थी कि इस गहरी फाँक के बावजूद मुझे अपने अन्दर दोनों के प्रति लगाव में शायद ही कोई फर्क महसूस होता। यह बात मुझे परेशान करती। प्रेम से जुड़ी तमाम मान्यताएँ मुझे एक भीषण अन्तर्द्वन्द्व से जकड़ जातीं।

निमिषा के लिए अपने अन्दर उमड़ती भावनाओं का अक्सर मैं विश्लेषण करता। अपनी इस नयी चाहत को लेकर कभी उलझन-सी अनुभव करता। मैं तो यही मानता था कि प्रेम संवेदनाओं और भावनाओं के उभार की परिणति है और दैहिक मिलन उसकी नियति। सलिला के लम्बे साथ से मुझे यही सच लगता था। पर निमिषा ने मेरी इस धारणा को ध्वस्त किया था। यहाँ कुछ अलग घटित हो रहा था। मेरे अन्तर में घुसपैठ करने से पहले निमिषा ने मेरे तन को झंकृत किया था। मुझे पता नहीं था कि मेरे हृदय में सचमुच उसने वह स्थान बनाया है जो सलिला का था। पर उसे पाने की अदम्य लालसा मुझे झकझोरने लगी थी। मेरे दिल-दिमाग को उसने उसी तरह उद्वेलित किया

था जैसे सलिला ने। इसे लेकर कभी मुझे शर्मिन्दगी का अहसास होता तो कभी मेरे अन्दर दुविधाओं का घटाटोप छा जाता।

'निमिषा, मैं तुमसे मिलना चाहता हूँ...।' एक दिन अचानक मैंने उससे कहा।

'मैं भी प्रमेश।' उसने तपाक से उत्तर दिया।

उसके स्वर में आयी उत्तेजना से सब कुछ साफ था। इसके आगे न मैंने कुछ कहा और न उसने। बस हम मुलाकात की योजनाएँ बनाते रहे। करीब छह महीने बाद दूरदर्शन द्वारा आयोजित एक काव्य-गोष्ठी में उसका आना हुआ।'सिर्फ तुमसे मिलने आ रही हूँ, प्रमेश।' उसने चहकते स्वर में कहा था।

हम मिले तो जैसे सालों से बँधा पानी का आवेग फूट पड़ा था। प्रेम में वह सहज थी और उसके आवेग और अभिव्यक्ति को लेकर उसमें कोई छिपाव नहीं था। न ही सलिला की भाँति उसमें किसी प्रकार की वर्जनाएँ थीं। ऐसा भी नहीं लगा था कि महज दैहिक आकर्षण और सुख उसे मेरे करीब लाया था।

'सिर्फ तुम्हारे लिए आई हूँ प्रमेश।' उसने मेरे सीने पर सिर रखकर कहा, 'तुमसे वह छोटी-सी मुलाकात और महीनों से रात-दिन चलती बातों ने मुझे पूरी तरह तुम्हारे प्यार की गिरफ्त में जकड़ लिया है। हर पल तुम मेरे दिलो-दिमाग पर छाये रहते हो। तुम्हें छूने और तुम्हें प्यार करने के लिए मेरे अन्दर अजब-सी तड़प पैदा हो गयी थी। मुझे हमेशा लगता कि जो शख्स दूर से मुझे इस तरह बाँध सकता है, उसका साथ कितना मादक होगा। आई लव यू सो मच प्रमेश...।' उसके शब्द उसके चेहरे पर उभरे हुए थे, आँखों में तरलता थी और बाँहों में गजब का कसाव...। बड़ी मारक नजरों से वह मुझे देखती रही और फिर मेरे होंठों को बेतहाशा चूमने लगी।

मेरे अन्दर-बाहर नदी-सी उफनने लगी। बेकाबू-से हम एक-दूसरे से प्यार करने लगे। प्रेम और देह के नये-नये रहस्यों को अनावृत करने लगे।

कभी लगता है न कि जीवन की एक लम्बी पारी खेलने के बाद भी संवेदना और देह के दोनों स्तरों पर अभी कितना कुछ जानना और खोजना शेष है।

'निमिषा,' उन अन्तरंग क्षणों में मैंने उसके बालों में उँगलियाँ फेरते हुए कहा, 'जब से तुम मेरे जीवन में आयी हो मैंने अपनी जिन्दगी में एक नयी तरह की उत्तेजना को महसूस किया है। सिर्फ आवाज और तुमसे बातें करके ही तुम्हारा नशा मुझे तरंगित करने लगा था और उस सरसरी मुलाकात ने तो मुझे मदहोश कर दिया। जादूगरनी हो तुम।'

'कम तुम भी नहीं हो, प्रमेश। सोच भी नहीं सकती थी कि मेरी जिन्दगी में ऐसा रोमांचक मोड़ भी आएगा। कोई पुरुष मुझे इस तरह खींच सकता है और वो भी इस हद तक...। तुम्हारा सुरूर रात-दिन मुझ पर हावी रहने लगा है।'

'क्या पहली बार?'

'हाँ, इस तरह पहली बार ही।' हल्की-सी संजीदगी के साथ कहा उसने, 'कभी कोई अच्छा लगा भी है पर अन्दर के संस्कार,. सारी परिस्थितियाँ, मुझे पति और परिवार की परिधि में जकड़े रहे। पर तुमने पता नहीं कैसे, मेरे अन्दर की मजबूत गिरह को खोल दिया। मेरे तर्क मुझे छकाने लगे और देखो आज मैं कहाँ हूँ।'

'आयम सो लकी...!'

'क्या पहली बार... ?' मुस्कराकर उसने मेरा प्रश्न मुझ पर ही दाग दिया।

उसकी आँखों में एक बाल-सुलभ शरारत थी जो उसके सम्मोहन में इजाफा कर रही थी।

'नहीं, तुमसे पहले भी मेरी जिन्दगी में कोई था। कई साल चला हमारा रिश्ता।'

'फिर...।' उसके स्वर में थोड़ी उलझन थी, चेहरे पर चिन्ता की हल्की धुंध...।

'तुम चाहोगी तो पूरी बात ईमानदारी से बतलाऊँगा।'

उसने मेरी आँखों में नजरें गड़ाकर देखा और उसके चेहरे पर झीनी-सी मुस्कान उतर आई, 'लीव इट यार...। नो पास्ट डिगिंग।'

'आई एप्रेशिएट इट। तुम्हारी इसी साफगोई और सहजता ने मेरे प्यार को इतना उग्र और उत्तेजक किया है। यू आर सो वंडरफुल, डार्लिंग। लेट्स एन्जॉय दीज़ रेयर मूमेंट्स।'

हमारी मुलाकातें साल में एक दो-बार ही हो पातीं पर हमारे बीच संवाद का अन्तहीन सिलसिला था। सुबह से देर रात तक हम कई-कई बार बात करते। हमें एक-दूसरे की जीवनचर्या की हर पल की जानकारी रहती और कुछेक घंटों की संवादहीनता असहनीय प्रतीत होती। इतना ही नहीं, हम एक-दूसरे की जिन्दगी में बेरोकटोक दखलअन्दाजी करने लगे थे। किससे मिलना है, कहाँ जाना है, किससे बात करनी है से लेकर अपने जीवनसाथी के साथ सम्बन्धों में भी हमारा हस्तक्षेप होने लगा था।

मैं उसे लेकर बेहद पजैसिव हो चला था और काफी हद तक निमिषा इसे स्वीकारने लगी थी। वह अपनी निजी जिन्दगी और उससे जुड़ी तमाम बातों में मेरी सलाह लेती। पारिवारिक मामलों में भी वह मुझसे बिना हिचक राय लेती और ज्यादातर वही करती जो मैं चाहता था। बच्चों के भविष्य के बारे में वह मुझसे बात करती और मेरे मशविरे का पूरा सम्मान करती। कोई नयी कविता लिखती तो मैं उसका पहला श्रोता होता। मेरे सुझावों को पूरा मान देते हुए वह उसमें रद्दोबदल करती और मेरी सलाह से ही किसी पत्रिका में प्रकाशित होने भेजती।

मुझे लगने लगा कि वह मेरे ऊपर काफी हद तक निर्भर होती जा रही है। यह मुझे अच्छा लगता था और शायद यही मैं चाहता भी था। प्यार के एक नये रूप से मैं रू-ब-

रू हो रहा था जिसमें जबरदस्त आधिपत्य और अधिकार भाव था हालाँकि मैं नहीं जानता था कि मेरे अन्दर ऐसी भावना क्यों घर कर रही है। मैं अच्छी तरह समझता भी था कि जीवन की इस अवस्था में ऐसे रिश्ते की कितनी गुंजाइश रहती है। हमारे अपने घर–परिवार थे, उनके प्रति हमारे दायित्व थे और उनके इर्द–गिर्द हमारी ऐसी दुनिया थी जिसमें किसी बदलाव की उम्मीद नहीं की जा सकती थी। आखिर तीसरे व्यक्ति के लिए कितना स्पेस बनाना मुमकिन था। न हमारे अन्दर ऐसी कोई इच्छा थी, न कभी इस बारे में हम बात करते थे पर हमारे कदम उसी दिशा में अग्रसर थे।

जैसे–जैसे उसकी कविताएँ छपती गयीं, उसकी ख्याति साहित्य जगत में फैलने लगी। हर पत्रिका और साहित्यिक कार्यक्रमों में उसकी चर्चा होने लगी। लोग उसे लम्बे पत्र लिखते, मेल भेजते और उससे फोन पर बात करने के लिए लालायित रहते। फेसबुक पर उसने एकाउंट खोला तो उसके दोस्तों की संख्या सैकड़ों में पहुँच गयी। इस प्रसिद्धि को लेकर वह बेहद रोमांचित थी। अपने फैन्स के बारे में वह मुझे बड़े चाव से बतलाती।

'पता है प्रमेश, आज मुझे नचिकेता जी ने फोन किया था। 'काव्य' में छपी मेरी कविताओं की कितनी तारीफ कर रहे थे। पैंतीस मिनट तक बात की। मेरी दो कविताओं का फोन पर पूरा पाठ किया और उसके बिम्बों और शब्दों की ऐसी व्याख्या की कि मैं सचमुच हतप्रभ थी। इतना तो मैंने भी नहीं सोचा था।'

'हूँ...।' मैंने बड़ी ठंडी प्रतिक्रिया दी।

'क्यों, तुम्हें खुशी नहीं हुई कि तुम्हारी जानू को हिन्दी के सबसे बड़े आलोचक ने सराहा है।'

'ठीक है न...।' मेरे स्वर में उदासीनता के साथ झुंझलाहट का पुट था।

'प्रमेश,' उसकी आवाज में रोष था, 'तुम मेरी तारीफ सुनकर खुश नहीं होते। मैंने कई बार यह नोट किया है। मुझसे प्यार करते हो तो तुम्हें इस पर गर्व करना चाहिए, प्रसन्न होना चाहिए।'

'जरूर करूँगा यदि वह सराहना जैनुइन हो, अकृत्रिम और निष्कपट हो। निमिषा, तुम बच्ची नहीं हो। तुम्हें खुद इन बातों को समझना चाहिए। नचिकेता के बारे में कौन नहीं जानता। बेहद लम्पट और चरित्रहीन व्यक्ति है। जहाँ कोई सुन्दर लेखिका या कवयित्री पत्रिका में प्रकाशित हुई नहीं कि उसे लपकने के लिए वह साम–दाम–दंड–भेद से जुट जाते हैं। अपने आलोचकीय कद और विद्वता से उसे प्रभावित और ललचाने के सारे उपक्रम करते हैं। प्रशंसा के ऐसे हवाई किले खड़े कर देते हैं कि नयी नवेली लेखिका लाचार होकर उसके बोझ से पूरी तरह दब जाती है। और तब उसे बरगलाने और दबोचने में पूरी ऊर्जा लगा देते हैं। बेचारी नयी रचनाकार को उनके चरित्र के बारे में कुछ पता ही नहीं चलता और जब पता चलता है, तब तक नचिकेता खुद कहीं और

शिकार करने में लग जाते हैं।'

'तुमने कहा न कि मैं बच्ची नहीं हूँ।' निमिषा को मेरी साफगोई कतई पसन्द नहीं आई। उसकी आवाज में तीखापन आ गया, 'प्रमेश, मैं सब समझती हूँ। पर मुझे किसी के चरित्र से क्या लेना-देना। मुझसे कौन गलत बात की उन्होंने। कुछ सुझाव भी दिए और यह भी कहा कि मैं अपनी ढेर सारी कविताएँ उनके पास भेजूँ जिससे वह उस पर कुछ लिख सकें। उस भूमिका के साथ उसे वह किसी बड़े प्रकाशक से प्रकाशित कराएँगे।'

'काफी इम्प्रेस्ड हैं तुमसे..।' मेरी आवाज में व्यंग्य का पुट था।

'हाँ,' उसने मेरे ताने को नजरअन्दाज किया, 'कह रहे थे कि तुम्हारी कविताओं की दिल्ली में धूम मची है। जल्दी ही वह मेरा जेएनयू में कविता पाठ भी कराएँगे।'

'तब तो तुम्हारी उनसे लम्बी मुलाकात भी हो सकेगी।' मैंने चिढ़कर कहा।

निमिषा कुछ देर के लिए खामोश हो गयी। मैं समझ गया कि वह मेरी टिप्पणियों से आहत थी। मुझे भी लगा कि मुझे इतने बेबाक और भौंडे ढंग से बात नहीं करना चाहिए। हर रचनाकार, विशेषकर युवा के लिए ऐसी प्रशंसा और प्रोत्साहन मायने रखता है। वे अपनी रचनाशीलता के प्रति आश्वस्त होते हैं। एक नयी ऊर्जा उसमें प्रवाहित होती है जो उनकी रचनात्मकता के लिए बड़ी अहम है। इसलिए अगर निमिषा अत्यन्त उत्साहित थी तो इसमें कुछ भी बेजा नहीं था।

'क्यों, चुप क्यों हो गयीं?'

'इसलिए क्योंकि मुझे ये सब तुम्हें नहीं बतलाना चाहिए। यू फील जैलस ऑफ मी। तुम नहीं चाहते कि मैं इस क्षेत्र में यश अर्जित करूँ। बस यूँ ही कूपमंडूक-सी इस छोटे-से शहर में रहकर तुमसे बात करके अपनी जिन्दगी काट दूँ। कोई मेरी तारीफ न करे और न ही मैं किसी से सम्पर्क रखूँ। तुम्हें हर किसी की सराहना और मेरे हर सम्पर्क में गन्दगी नजर आती है।' उसकी आवाज में नाराजगी थी।

'गलत सोचती हो तुम।' मैंने तेज आवाज में कहा, 'मुझे तुमसे क्यों ईर्ष्या होने लगी भला। मैं कोई कवि या लेखक नहीं हूँ और न ही मेरी ऐसी कोई आकांक्षा है। महज साहित्य का एक पाठक हूँ और इस दुनिया को थोड़ा-बहुत समझता हूँ। तुम इस क्षेत्र में नयी हो और साहित्य के नेवलों से अनभिज्ञ हो। इन कथित महान साहित्यकारों को अभी ठीक तरह समझती नहीं हो।'

'हो सकता है कि तुम ठीक कह रहे हो पर जानते हो मुख्य समस्या क्या है। तुम्हें मुझ पर कतई विश्वास नहीं है। तुम्हें लगता है कि कोई भी मुझे बरगला सकता है या मुझे गलत काम करने के लिए राजी कर सकता है। क्या तुम्हें मेरा चरित्र इतना खोखला लगता है? अगर मैं किसी से हँस-खुलकर बात करती हूँ तो इसका यह मतलब नहीं कि मैं हर किसी के साथ...।' कहते-कहते निमिषा रुक गयी। उसके स्वर में क्षोभ और

वेदना छलक आयी थी।

'नहीं निमिषा, मैं तुम्हारे बारे में ऐसा बिलकुल नहीं सोचता। आयम सॉरी अगर तुम्हें ऐसा आभास हुआ है।' मैं बचाव की मुद्रा में आ गया था।

'तो कुछ गलत आभास तो नहीं हुआ है, प्रमेश। तुम यही कहने की कोशिश करते रहे हो। तुम्हें लगता है कि मेरे इर्द-गिर्द जो दुनिया है, वहाँ इस तरह के लोग नहीं हैं। मैं बाजार जाती हूँ, बैंक जाती हूँ, कुछ साल मैंने अध्यापन भी किया है, पास-पड़ौस के लोग हैं, हस्बैंड के फ्रेंड्स हैं, ऐसे लोगों की कहीं कमी नहीं है, प्रमेश। लड़कियों को फुसलाने की कोशिश कहाँ नहीं की जाती। हर तरह की चालों का लड़कियों को सामना करना पड़ता है। अधिकांश लड़कियाँ पूरी तरह सतर्क और सजग रहती हैं वरना लोग तो कुछ भी कर डालें।'

'तुम मेरी बात को गलत दिशा में मोड़ रही हो।' मुझे सचमुच उससे ऐसी उग्र प्रतिक्रिया की उम्मीद नहीं थी। मैं परेशान हो चला।

'इसलिए क्योंकि तुम विकृत सोच से ग्रस्त हो। इस तरह मेरे हस्बैंड सोचते तब तो मैं घर की चहारदीवारी से बाहर झाँक भी नहीं सकती थी। कभी वह भी असुरक्षित महसूस करते हैं पर फिर आपसी विश्वास का दामन थामकर सुखी और सन्तुष्ट रहते हैं। पर तुम... ?'

'मेरे बारे में गलत सोच रही हो तुम।' निमिषा के प्रहार से मैं कहीं हिल-सा गया था पर उसके आरोपों को नजरअन्दाज करते हुए मैंने अपनी बात कही, 'मुझे तुम पर यकीन है पर तुम महत्त्वाकांक्षाओं के पंख लगाकर उड़ रही हो इसलिए डर लगता है।'

'पर महत्त्वाकांक्षाएँ होना बुरा तो नहीं है।' उसने झिड़कते स्वर में कहा, 'बिना किसी स्वप्न के आदमी कैसे आगे बढ़ सकता है। कई महान लोगों ने कहा है कि आदमी को स्वप्न जरूर देखना चाहिए क्योंकि उनके बिना कोई व्यक्ति उन्नति नहीं कर सकता, न कोई लक्ष्य प्राप्त कर सकता है और न ही जिन्दगी में कोई अहम उपलब्धि हासिल कर सकता है। ये स्वप्न ही तो महत्त्वाकांक्षाएँ हैं। मुझे इसमें कुछ गलत नहीं लगता।'

'पर मनुष्य की महत्त्वाकांक्षाएँ जब उसके व्यक्तित्व को प्रभावित करने लगें तब ठीक नहीं है।' पता नहीं क्यों मैंने बात को तूल दी।

'मुझे क्या हो रहा है? क्या मैं किसी गलत रास्ते पर चल रही हूँ? क्या मेरा आचरण अनैतिक या असामाजिक है? क्या मैं मर्यादाओं को तोड़ रही हूँ या मेरे व्यवहार में विचलन दिखलाई देता है तुम्हें?' एकाएक वह भड़क उठी।

'मेरा यह आशय नहीं है।' मैंने सधी और सपाट आवाज में कहा, 'ऐसी कोई बात मैंने नहीं कही। ये बातें तुम्हें खुद समझनी होंगी। मैं कुछ नहीं समझाना चाहता। पर इतना जान लो कि एक सुन्दर लड़की की एक एवरेज कहानी और कविता पर सैकड़ों फोन आना कोई खास बात नहीं है।' न चाहते हुए भी मेरे मुँह से निकल गया था।

एकाएक मुझे लगा कि मुझे यह नहीं कहना चाहिए था क्योंकि हमारे रिश्ते का सूत्रपात तो ऐसे ही हुआ था।

'तुम कहना चाहते हो कि मेरी कविताएँ सामान्य और निम्न स्तर की हैं।' वह चिढ़कर बोली।

'अच्छी हैं पर अभी तुम्हें बहुत अच्छा लिखना है। इसलिए आत्ममुग्धता की इस अवस्था से जितनी जल्दी निकलोगी, तुम्हारे रचनाकार के लिए उतना अच्छा होगा।' मुझे उसकी उग्रता का जवाब देना था इसलिए साफगोई पर उतर आया, 'निमिषा, तुमसे बेहतर लिखनेवाले न जाने कितने लोग हैं। यहीं आग्नेयजी हैं, कितने अच्छे कवि हैं। ढेरों सम्मान और पुरस्कार मिले हैं उन्हें पर नचिकेता या ये वरिष्ठ आलोचक उन्हें तो फोन नहीं करते।'

'मैं नहीं जानती और करते होंगे तो मेरी तरह बतलाते नहीं होंगे। पर इतना तो तुम मानोगे कि नये रचनाकारों को प्रोत्साहित करने की जरूरत है।' उसने एक लम्बी साँस ली और कुछ पलों की चुप्पी के बाद कहा, 'पर छोड़ो, तुम्हें मेरी बात समझ में नहीं आएगी क्योंकि तुम्हारी बुनियादी समस्या मुझमें विश्वास की कमी है। आज के बाद मैं तुमसे कुछ शेयर नहीं करूँगी।' कहकर उसने फोन रख दिया।

कुछेक पहरों की नाराजगी के बाद हमारी बातों का सिलसिला फिर शुरू हो गया। पर अब वह अपने सम्पर्कों और फोन कॉल्स के बारे में बात करने से कतराती। कभी मैं खुद पूछ लेता तो वह हँसकर कहती, 'तुम्हें सुनकर अच्छा नहीं लगेगा।' हालाँकि वह बतलाने को आतुर दिखती। कभी उत्साहातिरेक में और कभी मेरे बार-बार पूछने पर वह चहककर कहती, 'बॉम्बे यूनीवर्सिटी के हिन्दी विभागाध्यक्ष का फोन आया था। हर दिन एक-दो बार बात कर ही लेते हैं। मेरे फैन हो गये हैं वह। उन्होंने तीन छात्रों को मेरी कविताओं पर एम.फिल करने के लिए विषय दिए हैं। मुझे आमन्त्रित भी किया है।'

उसके कथित फैन्स की संख्या बढ़ती जा रही थी और उसी अनुपात में निमन्त्रणों की भी। पर वह मुझे इसके बारे में बतलाना जरूरी नहीं समझती। कई बार उसका फोन भी नहीं उठता। यह तो मुझे काफी बाद में ही पता चला था कि उसने एक-दूसरा नम्बर और फोन भी ले लिया था। फोन न उठाने के बारे में मेरे पूछने पर वह कोई बहाना बना देती। और तो और जब वह जेएनयू में कविता-पाठ करने गयी तो उसने मुझे बताना जरूरी नहीं समझा। बाद में मुझे पता चला तो मैं अपने को रोक नहीं सका।

'तुम दिल्ली गयीं और मुझे खबर तक नहीं की?' मैंने पूरे हक से पूछा।

'क्योंकि तुम अनावश्यक रोक-टोक करते। तुम्हें अच्छा भी नहीं लगता। और मैं इस अवसर को खोना नहीं चाहती थी। वहाँ दिल्ली के कई वरिष्ठ कवियों और

आलोचकों से मेरी भेंट हुई। मुझे सम्मानित भी किया गया। शाम को नचिकेता जी ने अपने घर पर भोज रखा जिसमें कई महत्त्वपूर्ण कवियों के साथ कुछ बड़े प्रकाशकों को भी बुलाया गया था।'

वह खामोश हो गयी थी हालाँकि मुझे लगा कि वह कुछ और बतलाना चाहती थी। अपने सम्मान और प्रशंसा की बात करना उसकी कमजोरी थी। पर मेरी चुप्पी पर उसने आगे कुछ नहीं कहा।

मैं अन्दर तक उद्वेलित और आक्रोशित था। मुझे लगा कि जब हम दोनों एक-दूसरे से इतनी शिद्दत से प्यार करते हैं तो उसे मेरी भावनाओं का सम्मान करना चाहिए। ऐसा कुछ नहीं करना चाहिए जो मुझे नापसन्द हो या मुझे आहत करे। शायद उसे मेरी संवेदनाओं की कतई फिक्र नहीं थी। परिवार, साहित्य और उसकी उपलब्धियों के आगे मैं और मेरे प्यार की कोई अहमियत नहीं थी। मुझे यह अत्यन्त असहनीय और अपमानजनक लगा।

अपने रिश्ते के थोथलेपन का कंटीला अहसास मुझे बुरी तरह कचोटता रहा था। जिस भावना से दूसरा व्यक्ति पूरी तरह अनजान या उदासीन रहकर उसका कोई अधिकार ही न माने, उसका क्या महत्त्व था?

मेरी समझ में नहीं आया कि कुछ कहूँ या नहीं। मैं जानता था कि मेरी प्रतिक्रिया से मेरे अन्दर का विस्फोट सामने आ जाएगा। मेरे अन्दर छिपे अधिकार और अपमान के आहत स्वर मुखर हो जाएँगे। मैंने खामोशी का दामन थामना बेहतर समझा।
वह भी शान्त थी।

दोनों सिरों पर निस्तब्धता थी।

'और कुछ...।' फोन काटने से पहले मैंने धीरे से पूछा।

वह खामोश रही और देर तक यूँ ही बनी रही। हमारे बीच पैदा हो रही कटुता को वह भी समझ रही थी और अपनी ओर से बात बढ़ाने से शायद बचना चाहती थी। पर मैंने उसे कौंचा—'और जो मन में हो, कहो न...।' मैंने तल्ख लहजे में कहा।

'देखो प्रमेश, मैं जानती हूँ कि तुम्हें अच्छा नहीं लग रहा है। तुम मुझे प्यार करते हो और चाहते हो कि मैं वो सब करूँ जो तुम्हें पसन्द है। पर मैं इसे प्यार का सही रूप नहीं मानती। प्यार का यह मतलब भी नहीं है। प्यार किसी पर अपने को थोपना नहीं है। और यदि ऐसा होता है तो वह रिश्ता घुटकर खत्म हो जाएगा। किसी भी रिश्ते में चाहे वो प्यार हो या दोस्ती, आपको अपने साथी को उसके व्यक्तित्व के अनुसार स्पेस देना होता है। यही आपसी समझ और विश्वास की माँग है जो प्रेम का मूल तत्व है। जिस रिश्ते से जकड़न का अहसास हो वह कभी नहीं चल सकता। मैं साहित्य की दुनिया में हूँ, सक्रिय हूँ और इस क्षेत्र में पहचान बनाना चाहती हूँ, ख्याति और यश पाना चाहती हूँ। इसके लिए मुझे लोगों से सम्पर्क में तो रहना ही होगा। उनसे मिलना भी होगा।

आखिर इसमें क्या हर्ज है? पर तुम्हें यह कतई पसन्द नहीं है। तुम नहीं चाहते कि मैं साहित्य की दुनिया में चर्चित होऊँ, मेरी कीर्ति पूरे हिन्दी जगत में फैले...।'

'तुम बेजा आरोप लगा रही हो...।' मैंने उसे टोका।

'तो फिर तुम मुझ पर यकीन नहीं करते। और बिना आपसी विश्वास के कौन सा रिश्ता चल सकता है, प्रमेश।' उसने भी पूरे आवेश में उत्तर दिया।

'तुम पर यकीन है निमिषा, पर...।'

'यही कि मुझमें समझ की कमी है। मैं बेहद महत्त्वाकांक्षी हूँ और उसके चलते उचित-अनुचित का फैसला नहीं ले सकती।'

'शायद ऐसा तो नहीं पर हो ओवर एम्बीशस...।'

'चलो मानती हूँ और मुझे इसमें कुछ गलत नहीं लगता। मैंने कहा न कि यदि आपके अन्दर महत्त्वाकांक्षाएँ नहीं हैं तो आप कुछ विशिष्ट हासिल नहीं कर सकते। इन महत्त्वाकांक्षाओं के चलते ही आदमी परिश्रम करता है, कुछ जोखिम भी उठाता है। ऐसे ही लोग जीवन में महत्त्वपूर्ण उपलब्धि प्राप्त कर पाते हैं। '

'हाँ ठीक है पर आदमी और खासकर स्त्री को सतर्क और सावधान रहने की जरूरत है। अपने आचरण और संस्कार...।'

'क्या तुम्हें लगता है कि मैं संस्कारहीन हूँ, मुझमें नैतिकता की कमी है या मैं उचित-अनुचित का भेद नहीं जानती।' डपटती आवाज में क्रोध और झुँझलाहट थी, 'तुम्हें लगता है कि मैं जिस किसी के साथ...।'

'मैं ऐसा नहीं सोचता।' मैंने उसकी बात काटकर कहा, 'पर हाँ, तुम लोगों को समझने में भूल जरूर कर सकती हो।'

एकाएक दूसरी ओर चुप्पी छा गयी। देर तक नि:शब्द हम फोन पर बने रहे। ऐसा पहली बार हो रहा था। मुझे कुछ अनहोनी की आशंका हुई।

'हाँ प्रमेश,' अचानक बड़े सख्त और तल्ख लहजे में उसने कहा, 'तुम ठीक कहते हो। मुझे सचमुच आदमी की समझ नहीं है। शायद तुम्हें समझने में भी मैंने चूक ही की है।'

'क्या मतलब है तुम्हारा? क्या मैं तुम्हें प्यार नहीं करता..?' मैं बुरी तरह उखड़ गया।

'हाँ, करते हो पर उसकी जकड़न और बन्दिशों का भी अहसास कराते हो। मेरे लिए कोई स्पेस नहीं छोड़ना चाहते। सोचते हो कि मैं हर काम तुम्हारी मर्जी और राय से करूँ। न किसी से बात करूँ और न ही मिलूँ। मेरे सम्पर्क में आया हर आदमी तुम्हें चरित्रहीन दिखलाई देता है। और शायद मैं भी...। प्रमेश, इतने आरोपों के साथ मैं इस रिश्ते में नहीं रह सकती। आई फील सफोकेटेड...।'

मैंने फोन काट दिया। आगे बात करने को कुछ शेष नहीं था।

शायद हमारे रिश्ते में ही कुछ बाकी नहीं रह गया था।

कई दिनों और फिर हफ्तों हमारी बात नहीं हुई और फिर जब हुई भी तो हम एक-दूसरे के लिए अजनबी बन गये थे।

और उस अजनबियत के साथ हम एक-दूसरे से पूरी तरह दूर हो गये।

पिछले काफी दिनों से मैं गहरे पसोपेश भरी मनःस्थिति में हिचकोले खा रही हूँ।

समझ ही नहीं आता कि प्रमेश से दूर जाने की प्रसन्नता और सन्तोष है मुझे या उससे विलग होने की तड़प व रंज...!

एक नितान्त सुखद और अन्तरंग रिश्ता जिसने मेरी जिन्दगी में अनूठी और रोमांचक आभा विस्तीर्ण की थी जो मुझे रात-दिन उद्वेलित रखती थी, के टूटने की पीड़ा से मैं व्यथित हूँ अथवा एक जकड़न की छटपटाहट से मुक्त और तृप्त...।

याकि मुझे दोनों की ही जरूरत थी। प्रमेश मेरी भावनात्मक कमजोरी था और उससे उबरना मेरी लिए बेहद तकलीफदेह साबित हो रहा था पर जब कभी मुझे उसके आधिपत्य व अधिकार का कँटीला अहसास होता तब मुझे बड़ी राहत-सी भी महसूस होती। न मैं उसकी अनुपस्थिति से उबर पा रही थी और न ही उसकी बन्दिशों से समझौता कर पा रही थी।

कभी जिन्दगी की पुरसुकून राह में आप एक दोराहे पर आकर अचानक दूसरा रास्ता अख्तियार कर लेते हैं। हालाँकि पुराना रास्ता कहीं आगे मिलकर आपके सामने एक मजबूत दीवार खड़ी कर देता है। तब आप विकल्पहीन महसूस करने लगते हैं।

एक सहृदय मित्र और एक बेहतरीन इनसान जब एक गम्भीर प्रेमी में रूपान्तरित हो जाता है तो उसमें व्यवहार, दृष्टिकोण और समझ में बदलाव के क्या नये आयाम प्रस्फुटित होते हैं, उसका बेहद सटीक दृष्टान्त है प्रमेश। यह देखना और महसूसना कभी दिलचस्प तो कभी त्रासद होता है कि कैसे एक उदार, खुले दिमाग और आधुनिक सोचवाला व्यक्ति बड़ी संकीर्ण, पारम्परिक, जड़ और प्रतिगामी सोच की गिरफ्त में जकड़ जाता है। नतीजतन खुली हवा के स्थान पर एक दमघोंटू माहौल हमें जड़ और निस्पन्द कर देता है। आदमी की तमाम खूबियाँ खामियों में तरमीम हो जाती हैं, विशिष्टताओं का कायान्तरण सामान्य में हो जाता है। और एकाएक हमें अपने चयन पर बड़ी कोफ्त होने लगती है। सोचकर कभी हैरानी तो कभी मन बड़ा उद्विग्न होता है कि आपने अपनी जिन्दगी के बेहद हसीन लमहे ऐसे आदमी को सौंपे हैं। दुख और पीड़ा का घटाटोप तब हमें बड़ा लाचार, निराश और अवसादग्रस्त छोड़ जाता है।

प्रमेश से मेरा सम्पर्क एक प्रशंसक के रूप में हुआ था। इसमें कुछ भी खास या नया नहीं था। मेरी कविताएँ चर्चित पत्रिकाओं में छपीं तो फोन करनेवालों की झड़ी-सी लग गयी। आम पाठक ही नहीं, तमाम जाने-माने साहित्यकारों के फोन आने लगे।

सराहना के ऐसे शब्द मेरे कानों को रससिक्त करने लगे कि मैं हतप्रभ थी। मेरा उत्साह सातवें आसमान पर था। बरसों से अन्दर बसी–पली मेरी आकांक्षा आखिर फलीभूत हुई थी। राष्ट्रीय स्तर पर अपनी साहित्यिक पहचान बनाने का मेरा स्वप्न एकाएक हकीकत में बदल रहा था। प्रशंसा के ये फोन और पत्र मेरे लिए अत्यन्त प्रेरणास्पद थे। मेरे अन्दर एक नयी ऊर्जा प्रवाहित होने लगी थी। अपनी क्षमताओं के प्रति आश्वस्त हो चली थी मैं। पर यह जीवन की विडम्बना ही है कि जो परिघटना मुझे ऊर्जस्वित कर रही थी वही एक घुन की मानिन्द मेरे जीवन की बेहद कोमल संवेदनाओं का क्षरण भी करने लगी।

हाँ, समाज और पुरुषों को समझने में मैं पूरी तरह बेखबर और अनजान नहीं थी। मुझे अपने आकर्षक व्यक्तित्व के प्रभाव का बखूबी अहसास था। किसी भी स्त्री के इर्द–गिर्द ऐसे लोगों की कमी नहीं होती। मैं ऐसी ललचाई नजरों की अभ्यस्त थी। मैं बाजार जाती तो दुकानदार, बैंक जाती तो बैंककर्मी और सफर करती तो सहयात्री मेरे करीब आने की कैसी कोशिशें करते, देखकर मैं आनन्दित होती। मेरे पति के कुछ मित्र, पत्रकार, पास–पड़ोस के लोग मुझसे फोन पर बातें करने के कैसे बहाने तलाशते, सोचकर मुझे मजा आता। पार्टियों, साहित्यिक कार्यक्रमों में लोग कैसे मेरे नजदीक आने की कोशिश करते, देखकर मुझे खासा लुत्फ आता था। पर इसका कोई प्रभाव मुझ पर नहीं होता। अलबत्ता फोन से बतियाने में कतई कृपण नहीं थी मैं। पर जब मुझे लगता कि कोई शख्स अपनी सीमाओं का अतिक्रमण करने को उद्यत है तो मैं बड़ी शिष्टता से बच निकलती। हाँ, कभी बाद में उसका फोन आता तो पिछली बातें भूलकर मैं पूरे उत्साह से उससे संवाद करती। मुझे नहीं मालूम कि मेरे इस खुलेपन और सुगम्यता को लोग किस तरह लेते थे। अलबत्ता मुझे इल्म था कि इससे गलतफहमी की गुंजायश बढ़ती है। पर मैं कर भी क्या सकती थी। बात नहीं करती तो मुझे रूपगर्विता या घमंडी जैसे अलंकारों से नवाजा जाता। इसलिए सिर्फ मन ही मन हँस सकती थी। हाँ, इतना मैं दावे से कह सकती हूँ कि मुझे अपनी सीमाओं का बखूबी अहसास था। मेरी व्यक्तिगत पसन्द और साहित्यिक मित्रता कतई भिन्न थी। पर शायद हर शख्स इसे समझने में सक्षम नहीं था।

हाँ, प्रमेश ने इन सीमाओं का अतिक्रमण किया था जिसमें मैं बराबर की भागीदार थी। दो रिश्ते आपस में गड्डमड्ड होने लगे। उससे संवाद का आगाज तो एक प्रशंसक के रूप में ही हुआ पर जल्दी ही उसकी साहित्यिक सोच व समझ, सधी अभिव्यक्ति और स्पष्टवादिता से मैं प्रभावित हुए बिना नहीं रह पायी। अपने प्रति उसके खिंचाव को मैं महसूस करने लगी थी और कहीं न कहीं मेरे अन्दर भी उसके लिए आकर्षण की कोंपलें प्रस्फुटित हो गयीं थीं। मुझे उसके फोन का इन्तजार रहने लगा और उसने कभी निराश नहीं किया। हद तो तब हो गयी जब वह मेरे अत्यन्त औपचारिक निमन्त्रण पर मेरे कविता–संग्रह के लोकार्पण कार्यक्रम में इतनी दूर चला आया और बड़ी सरसरी

मुलाकात के बाद वापस लौट गया—बिना किसी अपेक्षा या उम्मीद के। जब मैंने इसके लिए उससे माफी माँगी तो उसने उसे हवा में उड़ा दिया।

पर अब हमारी बातचीत निजता में घुसपैठ कर रही थी। हमारे बीच पनपे आकर्षण और आत्मीयता के साथ औपचारिकता की परतें उघड़ने लगी थीं। बातों का क्रम और अवधि लगातार बढ़ रही थी। देर तक उसकी आवाज सुने बिना मुझे बेचैनी होने लगती। हमारी बातें अन्तहीन थीं। न विषयों का टोटा था और न ही शब्दों का। उससे बातें करने में मैं अत्यन्त उत्साहित महसूस करती। पहली बार मेरी अभिव्यक्ति को उन्मुक्त स्पेस मिल रहा था। जो कुछ मेरे मन में आता उसके सामने उड़ेल देती। अपने प्रशंसकों के फोन उससे शेयर करना मुझे बहुत अच्छा लगता था। जो कुछ मैं सुनती, सिर्फ और सिर्फ उससे शेयर करके मैं बहुत प्रसन्न रहती। मुझे लगता कि आखिर एक व्यक्ति ऐसा है जिसके साथ मैं इस नयी उपलब्धि और उल्लास को साझा कर सकती थी। जिन्दगी के तमाम खटरागों के बीच प्रांजल अच्छे पति थे और मुझे खुश रखने की कोशिश करते थे। पहले मैं उन्हें भी अपनी साहित्यिक उपलब्धियों के बारे में बतलाया करती थी पर न तो उनमें कोई साहित्यिक अभिरुचि थी और दूसरे मेरी सुन्दरता और आकर्षण को लेकर वह पजैसिव होने के साथ कहीं सशंकित भी रहते थे। जब मेरे लिए अचानक फोन की बाढ़ आ गयी तो उनके अन्दर सन्देह और अविश्वास के बबूले फूटने लगे थे। हालाँकि प्रांजल ने कभी खुलकर मुझसे कुछ नहीं कहा पर कभी तानों और कभी झुँझलाहट व खीझ के जरिए उनका रोष प्रकट हो जाता था। 'ऐसा क्या लिख दिया है तुमने कि हर कोई तुमरो ही बात करता है और बार-बार फोन करता है।'

'बार-बार कोई फोन नहीं करता, 'मैं झूठ का सहारा लेती, 'हाँ, एकाध ने दो बार जरूर बात की है। तुम कहो तो मैं किसी से बात न करूँ।'

'अरे नहीं, इतने महान कवि की चर्चा तो होगी ही।' कहकर वह इधर-उधर हट जाते।

उनकी इसी अदा में हमारे दो दशक के सुखी और सफल दाम्पत्य जीवन का राज छिपा है। अब मैं उन्हें उतना ही बतलाती जितना जरूरी था। साहित्य और उससे जुड़े लोगों को उनसे दूर रखती। कोशिश करती कि उनके सामने किसी से बात तक न करूँ और मेलजोल का तो प्रश्न ही नहीं था। प्रशंसक तो दूर कोई पत्रकार भी उनसे मिलना चाहता तो मैं उनकी अनुपस्थिति का कोई न कोई बहाना बना देती।

प्रमेश से अन्तरंग रिश्ते से पूर्व मेरे मन में कोई अपराधबोध नहीं था। महज अतिशय सतर्कता और सावधानी की वजह से मैं प्रांजल को अपनी साहित्यिक दुनिया से दूर रखना चाहती थी जिससे उनके अन्दर मेरी साहित्यिक सक्रियता के विरुद्ध कोई नकारात्मक भाव न पनपे। मैं अच्छी तरह समझती थी कि मेरी साहित्यिक उपलब्धि में कहीं न कहीं उनका अप्रत्यक्ष सहयोग रहा था। आरम्भ में स्थानीय पत्र-पत्रिकाओं में

प्रकाशित मेरी रचनाओं को वह न केवल खुद पढ़ते बल्कि अपने मित्रों को भी दिखाते थे। एक पत्रिका से जब मेरे लिए सौ रुपये का पारिश्रमिक आया तो उन्होंने उसमें एक हजार मिलाकर मुझे साड़ी दिलवाई थी।

पर अब स्थिति भिन्न थी। मुझे इसका बखूबी अहसास था कि प्रांजल इससे खुश नहीं हैं। पत्रिकाओं में मेरे फोटो छपना उन्हें कहीं सालने लगा था। तमाम निमन्त्रण जो मुझे मिलने लगे थे, से वह मन ही मन किलसने लगे थे। पहली बार जब मैंने अकेले दिल्ली जाने का प्रस्ताव रखा तो वह गुमसुम रहे थे। अमूमन रेलवे आरक्षण और रहने आदि की सारी व्यवस्था करनेवाले प्रांजल ने कुछ नहीं किया और न ही कुछ पूछा।

प्रमेश के लोकार्पण कार्यक्रम में अचानक आने से मैं चकित थी। इस बारे में उसने फोन पर मुझे कुछ नहीं बतलाया और न ही यहाँ पहुँचकर मुझसे सम्पर्क साधा। कार्यक्रम में वह मुझसे बड़े सहज भाव से मिला और औरों की तरह मुझे बधाई दी। पर उसकी बेधती नजरों से मैं कुछ असहज जरूर हुई थी। शहर के लगभग सभी साहित्यकारों और साहित्य प्रेमियों को मैं जानती थी इसलिए उसके चेहरे की अजनबियत से उत्सुकतावश मेरी दृष्टि बारम्बर उसकी ओर खिंच रही थी। मैंने पाया कि वह एकटक मुझे घूर रहा था। नजरों की इस टकराहट ने मुझे उसके बारे में जानने की ललक पैदा कर दी थी। कभी ऐसा होता है न, कि आप किसी अजनबी के प्रति बरबस आकृष्ट होने लगते हैं।

कार्यक्रम के समापन पर वह मेरे सामने खड़ा था।

'बधाई निमिषा... ।' उसने अत्यन्त सधे स्वर और गम्भीरता के साथ कहा।

उसके सम्बोधन में परिचय और पहचान का पुट था। गहरी जिज्ञासा और पुलक के साथ मैंने उसे धन्यवाद दिया और फिर अपने को रोक नहीं पायी।

'माफ कीजिए. मैंने आपको पहचाना नहीं?'

वह बड़े रहस्यमय ढंग से धीरे से मुस्कराया और देर तक नीचा मुँह कर मुस्कराता रहा। मैं हैरत में थी। उसे बड़े गौर से देखती रही मैं।

'क्या पहचान महज शक्ल की मोहताज है?'

'मतलब... !' मैं उसके कथन का अर्थ समझने की कोशिश कर रही थी।

'क्या हम एक-दूसरे को काफी नहीं जानते?'

मैं चकरा गयी। न जाने कितने नाम मेरे जेहन में घूमने लगे। पर उनमें से आखिर कौन इतनी पहचान का दावा कर सकता था।

'लखनऊ... !' मैं चोरों की तरह धीरे से फुसफुसाई।

वह ठहाका मारकर हँसने लगा जिसने आस-पास के लोगों का भी ध्यान आकर्षित किया।

'प्रमेश आप... ! अचानक.... मुझे खबर तक नहीं की... ।'

'सरप्राइज... !'

'अफकोर्स... । पर कुछ तो खबर करनी थी। कब आए और कहाँ रुके हैं?'

'छोड़ो इस सब को। बिना बुलाए तो नहीं आया हूँ भले ही औपचारिकता पूरी की हो तुमने।' वह धीरे से हँसने लगा, 'अच्छा, काफी लोग तुम पर नजरें टिकाए हैं। बाद में बात करते हैं।'

बिना कुछ सुने वह धीरे-से खिसक गया हालाँकि मैं उससे बात करना चाहती थी।

शाम को जब मैंने उसे फोन किया तो उसका फोन नॉट रीचेबिल आ रहा था। वह लौट चुका था।

मैं उससे प्रभावित हुई थी। न कहीं मिलने का आग्रह, न ज्यादा बातें और न ही कोई अन्य अपेक्षा।

अब हमारी बातों का सिलसिला बढ़ गया था। हमारी दोस्ती एक भावनात्मक रिश्ते में बदल रही थी। सुबह से शाम तक हम न जाने कितनी बार फोन पर एक-दूसरे के साथ होते। हमारी निजता की सीमाओं का अतिक्रमण हो रहा था। एक-दूसरे की जाती जिन्दगी में हमारी गहरी घुसपैठ हो रही थी। पहली बार मैं प्रेम के गहरे रागात्मक अहसास से झूम रही थी। प्रमेश मेरी जिन्दगी और दिनचर्या का अभिन्न हिस्सा बन गया था। उसकी आवाज, उसमें बहती संवेदना, शब्दों से रिसती उत्तेजना और आवेग ने मुझे अन्दर तक आप्लावित कर रखा था।

हम मिलने के लिए आतुर थे जो मेरे शहर में मुमकिन नहीं था। इसलिए जैसे ही अवसर मिला मैं लखनऊ जाकर उससे मिली और उसके संसर्ग में पूरी तरह डूब गयी। मैं एक नये आह्लाद, अनुभव और अनुभूति से सराबोर हुई थी जिसमें दोनों ओर भरपूर समर्पण और उदात्त भाव था। अपने से कहीं अधिक दूसरे को देने की अन्धड़ चाहत थी। पहली बार मैं देह के अन्दर प्रवेश कर उससे इतर एक नये भावलोक और संवेदना से उद्वेलित हुई थी। पहली बार किसी से विदा लेते हुए मुझे कुछ छूटने का अहसास हुआ था।

अब हमारा रिश्ता एक नया आयाम ले रहा था। एक-दूसरे की जिन्दगी में दखलन्दाजी बढ़ती जा रही थी और उसके साथ अपेक्षाएँ भी। सुरूर दोनों ओर शबाब पर था। किसी भी वजह से उसकी व्यस्तता मुझे असहनीय होती। धीरे-धीरे हम दोनों में ही अधिकार भाव आ रहा था। अलबत्ता उसके स्वरूप में अन्तर था। मुझे महज उसके वक्त की दरकार थी पर वह मेरी हर गतिविधि की बड़ी बारीकी से जाँच-पड़ताल करने लगा। मैं किससे मिलती हूँ, किससे बात करती हूँ, कहाँ जाती हूँ, कितनी देर के लिए जाती हूँ, किस पत्रिका को अपनी रचनाएँ प्रेषित करती हूँ गोया मेरी पूरी दिनचर्या पर उसकी पैनी नजर रहती और इसे लेकर वह कभी व्यंग्यात्मक तो कभी बेहद तीखी टिप्पणी करता। मेरा फोन बिजी मिलने पर वह सवालों की झड़ी लगा देता। मैं उसके सवालों का जवाब देते-देते थकने लगी थी। उसका गहरा अविश्वास मेरे अन्तर को

क्षरित कर रहा था, मेरे ख्वाबों और महत्त्वाकांक्षाओं को आघात पहुँचा रहा था। नतीजतन मैं उससे बातें छिपाने लगी जिसका मुझे गहरा क्षोभ होता क्योंकि प्रमेश से रिश्ते की सबसे बड़ी खूबी उससे खुलापन ही था।

जैसे-जैसे मेरी ख्याति फैल रही थी, मैं उसके स्वर के ठंडेपन को महसूस करने लगी थी। कभी वह उदासीन दिखने की कोशिश करता तो कभी मेरी बातों को काटकर बीच में कोई सन्दर्भहीन प्रसंग लाकर उसमें विघ्न पैदा कर देता। जब मैं आपत्ति करती तो वह उखड़ जाता, 'कब तक तुम्हारी आत्मश्लाघा का गान सुनता रहूँ। यह तुम्हारे लिए कतई ठीक नहीं है। अभी तुम्हारी लम्बी रचनात्मक यात्रा की शुरुआत है इसलिए यह दम्भ मत पालो कि तुमने सर्वश्रेष्ठ लिखा है। इन मिथ्या और कृत्रिम प्रशंसा करनेवालों ने कई प्रतिभाशाली लेखकों और कवियों को मटियामेट किया है। मैं इसीलिए तुम्हें आगाह करता हूँ और तुम मेरी बात को समझना ही नहीं चाहतीं।'

उसके शब्द मेरे कानों में काँटों की मानिन्द चुभते। क्रोध और झल्लाहट से मैं फोन काट देती क्योंकि उसकी अपमानजनक टिप्पणियाँ मेरे लिए असहनीय हो जातीं। कभी अगर मैं अपना पक्ष रखने की कोशिश करती तो वह आक्रामक हो जाता और न जाने क्या-क्या अनर्गल बोलने लगता जिसमें मेरे चरित्रहनन की बू आती।

हमारे बीच संवादहीनता पैदा होने लगी थी और तनाव रहने लगा था। मेरे धैर्य और शिष्टाचार की सीमा चरमराने लगी थी हालाँकि जब भी उससे बात करती तो पुरानी बातों को भूलने की कोशिश करती। पर नतीजा शून्य ही रहता। लौट-फिर कर मेरे प्रशंसकों, फोन, मुझसे मिलनेवालों का सन्दर्भ आ जाता। प्रमेश मुझे महत्त्वाकांक्षी करार कर अप्रत्यक्ष रूप से मेरे संस्कारों, आचरण और व्यवहार पर तीखे कटाक्ष करता और गम्भीर आरोप जड़ देता।

मेरे लिए अब यह असह्य होता जा रहा था। उसे समझाने की सारी कोशिशें नाकाम हो रही थीं। मैं उसे मनाने की जितनी कोशिश करती वह इसे मेरी कमजोरी मान कर और उग्र हो जाता। कई-कई दिन तक हमारे बीच चुप्पी ठहरी रहती।

मैं बहुत सन्तप्त और आहत अनुभव करती थी। मुझे प्रमेश के अन्दर अपने प्रति प्रेम के सघन उद्दाम आवेग का अहसास था और अपने अन्दर भी उसके लिए गहरी रागात्मक संवेदना को महसूस करती थी। रात-दिन मैं उसे याद करती पर मुझे लगने लगा था कि यह रिश्ता हमारे हाथों से फिसल रहा है।

मैं असहाय और लाचार महसूस करने लगी। अक्सर सोचती कि प्रेम में एकाधिकार और आधिपत्य जरूरी है क्या और है भी तो किस सीमा तक ? क्या यह भावना आपसी विश्वास, सद्भाव और जुड़ाव को इस हद तक कुंठित कर देती है कि हम गहरे अविश्वास से जकड़ जाते हैं या हम अपने अधिकार को लेकर इतने हावी होने का प्रयास करते हैं कि दूसरे के लिए कोई स्पेस ही नहीं बचता ? कहीं हम अपने प्यार पर यकीन

खो देते हैं या हमारे अन्दर यह भावना भी जड़ जमाती है कि कोई स्त्री यदि एक बार विचलन का शिकार हो सकती है तो फिर दोबारा क्यों नहीं? यह अपने पर अविश्वास है या अपने साथी पर? एक तरह का फोबिया हमें अपनी गिरफ्त में ले लेता है। नतीजतन हमारा रिश्ता टूटने के कगार पर आकर ढह जाता है। एक-दूसरे से दूर होने के अलावा हमारे पास कोई विकल्प ही नहीं रहता। शायद इसी के चलते बाद में न हमें दुख होता है और न ही क्षोभ...!

याकि जो मैंने कहीं पढ़ा वही जीवन का शाश्वत सत्य है...

...हर रिश्ते की एक उम्र होती है। संवेदनाओं और भावनाओं के बुलबुले एक वक्त पर आकर फूटने लगते हैं। हमारी चाहना तब कोई मायने नहीं लगती और जाने-अनजाने रिश्ता एक बोझ सदृश हमारे ऊपर हावी होकर हमें सन्त्रस्त करने लगता है। तब मुक्ति ही एकमात्र विकल्प है.।

...क्या प्रेम की अमरता और नश्वरता के सारे दावे खोखले हैं? एक अवस्था पर आकर प्रेम हमारी संवेदना को कितना भोथरा कर देता है और प्रेमी के स्थान पर पुरुष एक नियन्ता की भूमिका में रूपान्तरित हो जाता है। हमें एक जीवन्त, गतिशील और प्रगतिशील प्रेमिका के स्थान पर एक कठपुतली चाहिए होती है जिसकी डोर हमारे हाथों में हो और जो हमारे ही इशारे पर अपने समूचे जीवन को संचालित करे।

इसमें प्रेम कहाँ है?

अब मुझे अक्सर सन्देह होता है कि प्रेम नाम की किसी संवेदना का कोई वजूद है भी या महज भ्रम अथवा छलावा है यह ...!

प्रेम समर्पण का नाम है या अपने साथी से उसकी महत्त्वाकांक्षाएँ, उसके ख्वाबों और दृष्टि को छीनने का नाम। तमाम बन्दिशों के बीच कोई स्त्री किसी को प्रेम कैसे कर सकती है, ऐसा प्रेम जिसमें आपका स्वत्व, आपका अहं, आपकी अस्मिता और शायद आपकी पहचान ही गुम हो जाने का खतरा हो।

[3]

सलिला का प्यार एक सुवासित गन्ध की तरह था तो निमिषा ने मेरे अन्दर एक सुरूर पैदा किया था। सलिला ने अपने प्यार से मुझे एक खुशनुमा अहसास कराया था जो मुझे रात-दिन तरंगित किये रहता था। उससे दूर होने पर मैं काफी अर्से तक दुख और अवसाद के घटाटोप से जकड़ा रहा। मन में बार-बार क्लेश होता कि मुझे सलिला को ठीक तरह समझना चाहिए था, उसकी भावनाओं का सम्मान करते हुए इस रागात्मक सम्बन्ध को देह से परे रखना चाहिए था। अपने अपराध का प्रायश्चित करना चाहता था

मैं पर सलिला ने इसका कोई अवसर ही नहीं दिया। इसका दंश मुझे आज भी सालता है और शायद ताउम्र चुभता रहेगा।

इसके बरक्स निमिषा की कशिश मुझे बुरी तरह उद्वेलित किये रहती। उसके प्यार के अहसास की गिरफ्त से छूटने में मुझे मानसिक के साथ शारीरिक तकलीफ भी हुई हालाँकि हम मिले ही कितनी बार थे। पर हर बार कुछ छूटे रहने का अहसास मेरे अन्दर एक तड़प बनाए रखता। अपने को उससे दूर रखने के लिए मुझे खासी कवायद करनी पड़ी। उसे फोन करने के उद्दाम आवेग से बचने के लिए अपने से काफी जद्दोजहद करनी पड़ी।

पर वक्त का मरहम हमेशा कारगर साबित होता है। तकरीबन छह महीने बाद निमिषा की उत्तेजना और आवेग काफी हद तक तिरोहित हो चला था हालाँकि जब-तब उसके साथ बिताए उत्तेजक पलों की याद मुझे जरूर बेचैन करती। मेरे अन्दर एक बार फिर शून्यता आ गयी थी, एक बार फिर मैं खालीपन की गिरफ्त में था। इसमें कोई सन्देह नहीं कि पहले सलिला और फिर निमिषा ने मेरी जिन्दगी को एक नयी स्फूर्ति और जीवन्तता प्रदान की थी। अब उसका अभाव अक्सर मन को सालता था। मेरा काफी वक्त पढ़ने लिखने और फिर कम्प्यूटर पर बीतने लगा। फेसबुक, ट्विटर पर मैने अपने एकाउंट खोल लिए और न जाने कितने अपरिचित मेरे दोस्त बन गये। आभासी दुनिया का नशा मेरे ऊपर हावी होने लगा।

यहीं पर मेरा कनिका से सम्पर्क और संवाद हुआ। उसकी साहित्य में कोई रुचि नहीं थी पर समाज, राजनीति, अर्थव्यवस्था, भूमंडलीकरण, कॉरपोरेट कल्चर, संक्रमण से गुजरते रिश्ते और नये मूल्यों पर वह अपने विचार न केवल बेबाकी से रखती बल्कि पूरी शिद्दत, तार्किकता और कभी आक्रामकता के साथ अभिव्यक्त करती। मैं उसके बारे में ज्यादा कुछ नहीं जानता था। उसका फोटो भी फेसबुक पर लोड नहीं था फिर भी उसकी निर्भीक अभिव्यक्ति, सधी भाषा और नये अन्दाज पर मैं मुग्ध अनुभव करने लगा। शायद वह भी मुझसे प्रभावित दिखती थी और फेसबुक और ट्विटर पर मेरी पोस्ट/कमेंट्स का बेसब्री से इन्तजार करती थी। राजनीति, अर्थव्यवस्था और सामाजिक मुद्दों पर मेरे मन्तव्यों का पूरा सम्मान करती और उस पर अपनी विस्तृत टिप्पणियाँ देती।

सलिला और निमिषा के बाद मेरे अन्दर किसी नये रिश्ते की कोई चाहत नहीं थी या यह कहूँ कि इसे लेकर मुझमें कोई विशेष उत्साह नहीं था। उन दोनों के साथ बिताये खूबसूरत पलों की गुदगुदाती यादों को मैं सँजोकर रखना चाहता था। मुझे लगता था कि शायद मुझे जीवन में प्रेम का भरपूर शेयर मिल चुका है। कब का पचास पार कर चुका था और बालों की सफेदी मुझे किसी नये रिश्ते के प्रति जुड़ाव के विरुद्ध आगाह करती रहती। हालाँकि मुझे लगता है कि आदमी की फितरत उम्र के बन्धन को स्वीकार नहीं

करती। न ही वह अपने अन्दर के बूढ़ेपन को मानने को तैयार होता है। वैसे भी मन बूढ़ा कहाँ होता है। प्रेम और चाहत की इच्छा उसे जीवन भर उद्वेलित और तरंगित रखती है।

लगभग छह महीने के आभासी सम्पर्क के दौरान न कनिका ने मुझसे कोई व्यक्तिगत बात की और चाहकर भी मैं कुछ जानने की हिम्मत नहीं जुटा पाया। पर इतना आभास मुझे हो गया था कि वह मेरी पोस्ट का इन्तजार करती है और उन पर प्रतिक्रिया देने के लिए पूरी तरह तत्पर...। कुछ समय बाद उसे जानने की इच्छा मेरे अन्दर पनपने लगीं। लम्बे इन्तजार के बाद एक दिन मैंने उसे ट्वीट किया, 'आप क्या करती हैं? क्या हम एक-दूसरे के बारे में कुछ जान सकते हैं?'

उसने कोई उत्तर नहीं दिया। कुछ वक्त बाद जब मैंने दुबारा कोशिश की तो उसने सिर्फ यह लिखा—'मुझे यह जरूरी नहीं लगता। अलबत्ता आप जो बताना चाहें, जरूर बताएँ।' मुझे तो इसकी ही प्रतीक्षा थी। मैंने अपने बारे में सब कुछ सच-सच लिखा। अपनी उम्र, नौकरी, परिवार, दोनों प्रेम सम्बन्ध वगैरह। शायद उसे मेरी साफगोई पसन्द आई। जल्दी ही मुझे पता चल गया कि वह जेएनयू में इंटरनेशनल रिलेशंस पर शोध कर रही थी, भोपाल की रहनेवाली थी और मुझसे करीब तीस साल छोटी थी। दो वर्ष पूर्व ही उसने अपने परिवार के विरोध के बावजूद प्रेमविवाह किया था और उसका पति बैंगलोर की किसी मल्टीनेशनल में सॉफ्टवेयर इंजीनियर था।

उसके बारे में जानकर मैं कुछ हतोत्साहित हुआ था। एक तो उम्र का लम्बा फासला और दूसरे नया-नया प्रेम विवाह...। पर मुझे सन्तोष था कि हमारे बीच महज आभासी दुनिया का सम्पर्क था। इसे मित्रता का नाम देना भी ठीक नहीं था। हाँ, उसके बारे में जानकर इतना प्रभाव जरूर हुआ कि मेरा व्यवहार बुजुर्गियत की तरफ उन्मुख होने लगा। मुझे उससे सहानुभूति थी जिसे एक दिन चैटिंग के दौरान मैंने बेवजह जाहिर कर दी।

'शादी को अभी दो साल हुए हैं और तुम दोनों अलग-अलग रहते हो?'

'इसमें कौन सा अजूबा है। मैं जेएनयू से पीएचडी कर रही हूँ और होपफुल्ली दिल्ली में ही मुझे जॉब मिल जाएगी। और सुमित का कॅरियर तो साउथ में है।'

'फिर पीएच डी के बाद तुम भी वहीं लेक्चररशिप क्यों नहीं कर लेतीं?'

'कमऑन प्रमेश, मुझे दिल्ली नहीं छोड़नी। आई लव दिस टाउन...।'

'फिर सुमित गुड़गांव या नोएडा आ सकता है।'

'आई डोंट नो। वह वहीं खुश है। शायद जल्दी ही उसे ऑनसाइट जाने को मिले। फिलहाल तो हम महीने में एक या दो बार मिल ही लेते हैं।'

'इज इट एनफ... ?'

'कभी इस तरह सोचने की जरूरत ही महसूस नहीं हुई। एक बार शादी होने के बाद जिन्दगी केवल फिजिकल रिलेशंस से नहीं चलती, यार। बहुत कुछ करने और

सोचने को है। कॅरियर इज ए प्रायरिटी नाउ...।'

'पति–पत्नी का साथ केवल देह तक सीमित नहीं है, कनिका।'

'आई नो।'

'फिर भी तुम्हें लगता है कि पति–पत्नी का साथ रहना कोई मायने नहीं रखता।

'रहें तो ठीक है पर आजकल ये सब कहाँ आसानी से हो पाता है। यूएस में तो आईटी के सभी कपल्स अपने प्रोजेक्ट के हिसाब से दूर–दूर ही रहते हैं। पाँच दिन अलग और वीकेंड पर साथ...।'

'यू डोंट मिस हिम... ?'

'आई डू...। पर गैप के बाद मिलते हैं तो प्रेमियों की तरह...।'

'पर प्रेमी प्रेमिका और पति–पत्नी के रिश्ते में फर्क होता है।'

'शायद हाँ और तभी प्रॉब्लम्स शुरू हो जाती हैं। इसलिए हम प्रेमी ही रहना चाहते हैं।'

'पर शादी के बाद प्रतिबद्धता के साथ कुछ जिम्मेवारियाँ भी होती हैं। फिर उसमें परिवार का भी एंगिल है।'

'जब होगा तो देखा जाएगा। पर भविष्य के बारे में ज्यादा सोचकर अपना वर्तमान क्यों नष्ट करें। अभी की जो प्राथमिकताएँ हैं, हम उसके बारे में ही सोचते हैं।

'पर भविष्य को पूरी तरह नजरअन्दाज तो नहीं किया जा सकता।'

'प्रमेश, यही मेरे और तुम्हारे जैनेरेशन में फर्क है। तुम्हारी पीढ़ी का सारा ध्यान भविष्य की ओर रहता है—वर्तमान की उपेक्षा की कीमत पर। हम वर्तमान को एन्जॉय करने में यकीन करते हैं।'

'पर तुम तो पति से दूर रहती हो फिर कैसा एन्जॉयमेंट...।'

'दोस्त भी तो हैं। और सुमित को भी मैं दोस्त से ज्यादा कुछ नहीं समझती हूँ।'

जीवन, उसके विविध सम्बन्ध, कॅरियर के प्रति एक नयी सोच से मैं परिचित हो रहा था। सलिला और निमिषा मुझसे आठ–दस साल छोटी थीं पर हमारी सोच में साम्य था। उनके साथ बात करते हुए मुझे कभी पीढ़ी के अन्तराल का आभास नहीं हुआ। पर तकरीबन तीस साल छोटी कनिका उनसे अलग थी। उसकी सोच में एक खुलापन था और वह आधुनिकता तथा भूमंडलीकरण से पूरी तरह प्रभावित थी। चैटिंग के दौरान कभी वह बड़ी करीब महसूस होती तो कभी एकदम दूर। मेरा मन करता कि मैं उससे फोन पर बातें करूँ पर लगभग एक साल तक चले इस आभासी सम्पर्क के दौरान न उसने कभी फोन पर बात करने की इच्छा जाहिर की और न ही अपना फोन नम्बर दिया। काफी दिनों तक मैं अपनी इच्छा को अन्दर दबाए रहा और एक दिन जब मैंने उससे फोन नम्बर माँगा तो उसने लिखा 'क्या करोगे... ?'

'कभी बात करने का मन करे।

'कर लेना यार। हम टच में तो रहते हैं न।'

'कभी दिल्ली आना हुआ तो मिलना नहीं चाहोगी?'

'आई डोंट माइंड। कब आ रहे हो? चलो फोन नम्बर देती हूँ। कोई प्रोग्राम बने तो मुझे टेक्स्ट करना।'

फोन से बात करने के प्रति उसकी बेरुखी साफ थी। इसे अच्छी तरह समझने के बावजूद मैं उससे बात करने के लिए उतावला महसूस करता। कई दिनों तक अपने को रोकने के बाद आखिर एक दिन मैंने उसे फोन किया तो कुछ पलों बाद उसका मैसेज आया—'बिजी हूँ। कोई खास बात हो तो एसएमएस करो।'

'कैन वी टॉक?'

'ओके, फ्री होने पर करती हूँ।'

उसका शुष्क रवैया देखकर उससे बात करने की इच्छा काफी हद तक खत्म हो गयी थी। इसके बावजूद मैंने उसे दो-तीन फोन कर डाले जिसका न उत्तर मिला और न ही कोई एसएमएस। अचानक एक दिन उसका फोन आया तो उसकी आवाज में पूरी गर्माहट थी, मित्रता की गन्ध थी और एक अव्यक्त उत्तेजना। हम पूरे आधे घंटे बात करते रहे। उसने मुझसे मिलने की इच्छा भी जाहिर की। फोन रखने से पहले जब मैंने पूछा, 'फिर कब बात होगी?' तो उसने बेपरवाह अन्दाज में कहा, 'कर लेंगे यार।' और फोन काट दिया।

अगले एक महीने तक उसका कोई फोन नहीं आया और जब मैंने फोन किया तो उसका वही एसएमएस आया—'बिजी हूँ। टॉक यू नेक्स्ट वीक।'

कनिका से इस शुरुआती परिचय के बावजूद उसने मेरे अन्दर एक पसोपेश पैदा कर दिया था। कभी वह दोस्ती का अहसास कराती तो कभी बड़ी उदासीन और निस्पृह महसूस होती। कभी उसके ट्वीट में बड़ा अपनापन होता तो कभी बड़ा अलगाव और बेरुखी। कभी वह मुझे आगे बढ़ने के लिए उकसाती तो कभी उसके रूखेपन से मेरे कदम ठिठक जाते। कभी वह मिलने के लिए बड़ी उत्साहित नजर आती तो कभी लिख देती—'मिलेंगे यार, जल्दी ही मिलेंगे।'

न चाहकर भी मैं उससे आकर्षित हो रहा था। शायद आदमी के अन्दर रोमांस की भी लत पड़ जाती है। मेरे अन्दर उससे मिलने की बेचैनी होने लगी थी जिसका उसमें पूरा अभाव नजर आता था। मेरे दो-एक बार कहने पर भी उसने अपना फोटो मुझे मेल नहीं किया। कभी मेरा उपहास करने लगती—'बच्चू सोचते होगे कि कहीं कोई काली कलूटी, बदसूरत लड़की की तरफ दोस्ती का हाथ न बढ़ जाए।'

'नहीं यार, पर जिससे आप मित्रता कर रहे हैं, उसके बारे में जानना तो चाहिए न। और फिर सुन्दरता किसको नहीं भाती।' मैं समझाने की कोशिश करता।

'जरूर, उसका चेहरा कैसा है, फिगर कैसी है, कहीं कोई मुटल्ली सामने न आ

जाए और सारे हसीन ख्वाबों को चकनाचूर कर दे। प्रमेश, दोस्ती में यह सब देखने की जरूरत है क्या?'

'हाँ है, प्यार में इसका चार्म तो होता ही है।'

'ओह, मेरे बुजुर्ग दोस्त मुझसे प्यार करने लगे हैं।' उसने ताना मारा था।

'बिना प्यार के कोई दोस्ती सम्भव है क्या?' मैंने अपनी झेंप मिटाने की नाकाम कोशिश की।

'ठीक है, यार। पर हम हर दोस्त को उस तरह प्यार नहीं करते जैसा तुम कहना चाहते हो। दोनों में बहुत फर्क है। पर इस प्यार-व्यार को छोड़ो। हाँ, अपने दोस्त पर भरोसा रखो। मुझसे मिलकर तुम्हें अच्छा लगेगा।'

'इतना यकीन है अपने आप पर...।' मैंने उसे छेड़ने के अन्दाज में लिखा।

'जरूरत से ज्यादा। ऐसे ही एक लड़का मुझ पर मर-मिटा नहीं है।'

कनिका से मुलाकात को लेकर मुझे काफी जद्दोजहद से गुजरना पड़ा। सबसे बड़ी दुविधा यह थी कि मैं उसे ठीक तरह समझने में पूरी तरह नाकाम था। टीवी, पत्रिकाओं और समाचारपत्रों से युवा पीढ़ी के बारे में काफी कुछ जानने को मिलता था पर व्यक्तिगत रूप से मैं किसी के करीब नहीं था। कनिका ने भी मुझे किसी विशेष रागात्मक लगाव का अहसास नहीं कराया था और फेसबुकिया दोस्ती मेरे लिए कोई अहमियत नहीं रखती थी। इस सबके बावजूद कनिका में कुछ ऐसा था कि जाने अनजाने मैं उसके प्रति खिंचाव महसूस करने लगा था। उसे ठीक तरह जानने की मेरे अन्दर गहरी उत्सुकता थी।

मैंने दिल्ली का कार्यक्रम बना लिया। हालाँकि जितना मैं कनिका को समझ पाया था, मैं उससे मुलाकात को लेकर बहुत आशान्वित नहीं था। सोचा था कि किसी मॉल में या दोपहर या रात्रिभोज पर उससे मिल लूँगा। जब मैंने उसके सामने यह प्रस्ताव रखा तो वह तपाक से बोली—'घर क्यों नहीं आ जाते। आराम से बात करेंगे।'

'तुम्हें परेशान नहीं करना चाहता, कनिका। किसी रेस्टोरेंट में मिलते हैं।'

'मुझसे मिलने आये हो या किसी रेस्तराँ में खाना खाने...। उसके लिए मेरी कई हॉस्टलर फ्रेंड्स हैं जो तुम्हें अच्छी कम्पनी दे सकती हैं।' वह खिलखिलाकर हँसी।

'पागल मत बनो।' मैंने अपनी झेंप छिपाते हुए कहा, 'मैंने सोचा तुम्हें बॉदर करना ठीक नहीं है।'

'तुम समझते हो कि मैं तुम्हारे लिए खाना बनाने जा रही हूँ। हाउ स्टुपिड...।' वह फिर जोर से हँसी, 'इस मामले में पूरी कामचोर हूँ। जब सुमित साथ होता है तो वही ज्यादा काम करता है। बहरहाल खाने की चिन्ता मत करो। तुम्हारी पेटपूजा का इन्तजाम हो जाएगा।'

उसकी बातों से यह तो साफ था कि वह अकेली ही रहती है। इसलिए मेरे मन

में कुछ उलझन थी कि देर रात तक किसी लड़की के फ्लैट में जाना उचित भी था अथवा नहीं। फिर मैं कनिका को उतना ही जानता था जितना उसने अपने बारे में बतलाया था। क्या पता उसमें कितना सच हो। आजकल तरह-तरह के रैकेटों के बारे में पढ़ने को मिलता है। और काफी रैकेट खूब पढ़े-लिखे लोगों द्वारा चलाये जाते हैं। एक गहरा अविश्वास मेरे अन्दर कुलबुला रहा था। कहीं डर भी लग रहा था। इस आयु और अवस्था में किसी तरह के पचड़े में पड़ने का जोखिम मैं नहीं उठा सकता था। एक बार फिर मैंने बाहर मिलने का आग्रह किया तो वह मजाकिया लहजे में बोली—'मेरे घर आने में डर लगता है क्या? अरे यार शरीफ लड़की हूँ।'

इसके बाद मेरे पास कुछ कहने को रह ही नहीं गया था।

कभी आप वह काम करते जाते हैं जिसके बारे में आप कतई आश्वस्त महसूस नहीं करते। उचित-अनुचित के ऊहापोह में झूलते आप उस दिशा में अग्रसर होते रहते हैं।

मैं भी ऐसा ही अनुभव कर रहा था। दिल में तेज धुकधुकी थी जिसने कनिका से मुलाकात की सारी उत्तेजना और उत्साह को पूरी तरह दबोच रखा था। तरह-तरह की आपात स्थितियाँ भी दिमाग में आ रही थीं और उनसे बचाव की योजनाएँ अन्दर बन और बिगड़ रही थीं। कभी अन्दर ही अन्दर अपने पर झुँझलाता था कि इतने द्वन्द्व और तनाव के बावजूद मैं इस तरह का जोखिम क्यों उठा रहा था।

जीवन में पहली बार मैं ऐसी अनुभूति से परेशान था। जिन्दगी में पहली बार मैं ऐसे हालात का सामना कर रहा था। पर अपने को रोकने में असमर्थ था मैं।

उसे देखते ही मेरा हृदय चहक उठा। वह एक सुन्दर, आकर्षक और स्मार्ट लड़की थी। बड़े कैजुअल से कपड़े पहने थी वह। आँखों में काजल के अलावा चेहरे पर और कोई मेकअप नहीं था। होंठों पर चमक जरूर थी पर वे लिपिस्टिक से पुते नहीं थे। कान नंगे और गले में रंग-बिरंगे आर्टिफीशियल मोटे मोतियों की माला थी जो कतई कीमती नहीं थी। हाथ में एंटीक मोटा कड़ा और दोनों हाथों की उँगलियों में कुछ अँगूठियाँ...। न माथे पर सिन्दूर और न ही पैरों में बिछुए।

मैंने हाथ मिलाने के लिए बाहें आगे कीं तो वह मेरे बहुत करीब चली आई—'पहली बार मिले हो मुझे हग भी नहीं करोगे।'

मैंने अपनी दोनों बाहें बढ़ाईं तो वह आहिस्ता से उसमें सिमट गयी।

'व्हाट ए प्लैजेंट सरप्राइज टू मीट यू...। यू आर सो प्रेट्टी एंड चारमिंग...।' मैंने उसके कानों में धीरे से कहा।

'मैं भी तुमसे मिलकर बहुत खुश हूँ।' कनिका धीरे से फुसफुसाई जिससे एक मीठी उत्तेजना मद्धिम करेंट की मानिन्द मेरे अन्दर उतरती चली गयी। मैंने उसके माथे

को हौले से चूम लिया। उसकी बाहों की जकड़न मैं अपने सीने और पीठ पर महसूस कर रहा था। उसी से मैं सहज हो सका था हालाँकि वह शायद मुझसे अधिक शान्त और स्थिर दिख रही थी।

मैंने अपनी पकड़ को ढीला किया और तब हम हाथ पकड़े हुए कमरे में एक ओर बिछी सैटी पर जाकर बैठ गये। उसने अपना हाथ छुड़ाने की कोई कोशिश नहीं की। उसके चेहरे पर लुभावनी मुस्कान थी, काली आँखों में अबूझ सा नशा था और रसीले होंठ जैसे मुझे आमन्त्रण दे रहे थे। मैं अपने को किसी तरह थामे हुआ था। अभी तक मन से संशय और भय के बादल छँटे नहीं थे जिसने मेरी उत्तेजना पर लगाम कस रखी थी।

काफी देर तक हम निःशब्द एक-दूसरे को देखते रहे, एक-दूसरे में डूबते और उतराते रहे। संवाद के लिए दूसरे की पहल का इन्तजार करते रहे। मुझे नहीं मालूम उसके मन में क्या चल रहा था। और मैं कभी हतप्रभ, कभी रोमांचित तो कभी भयभीत अनुभव कर रहा था। मुझे यह भी नहीं समझ आ रहा था कि बातचीत का सिलसिला कैसे आरम्भ किया जाए। वैसे भी उससे सारा रिश्ता ट्विटर और फेसबुक तक सीमित रहा था जिसमें गम्भीर विषयों पर विचारों का आदान-प्रदान था। ये वक्त ऐसी बातें करने का नहीं था। एक-दूसरे के बारे में हम ज्यादा नहीं जानते थे। मैंने तो फिर भी उसके वैवाहिक जीवन के बारे में पूछ लिया था पर कनिका ने आज तक कभी कोई व्यक्तिगत प्रश्न मुझसे नहीं किया था। न पत्नी के बारे में पूछा और न ही मेरे परिवार के बारे में। उसे महज इतना जरूर पता था कि मैं एक महाविद्यालय में प्राध्यापक हूँ।

'कनिका,' मैंने चुप्पी तोड़ी, 'यकीन नहीं आ रहा कि दो अजनबी इस तरह मिल सकते हैं। थैंक्स टू सोशल मीडिया वरना कहाँ तुम और कहाँ मैं। कभी सोचा भी नहीं था कि मैं तुम्हारे घर में इस तरह तुम्हारा हाथ पकड़कर बैठ सकता हूँ। हाँ, इतना मैं जरूर कन्फैस करूँगा कि मैं इस मुलाकात को लेकर जितना उत्साहित था, शायद उतना ही आशंकित भी।'

'हाँ, सोचते होगे कि पता नहीं कहाँ फँसने जा रहा हूँ या फिर मुझसे मिलकर कहीं तुम्हारे सपने चकनाचूर न हो जाएँ।' वह जोर से हँसने लगी।

'नहीं यार,' उसकी हँसी खासी उत्तेजक थी, 'बट यू कैन अंडरस्टैंड...।' मैंने अपने अन्दर के सच को नकारने की नाकाम कोशिश की।

'फिर क्या डर था?' उसने मेरे हाथों को कसकर पकड़ रखा था, 'सोचते थे कि कहीं किसी ट्रैप में न फंस जाऊँ।' उसकी हँसी थमी नहीं थी।

'अरे नहीं यार,' मैं सचमुच झेंप गया था, 'डोंट ट्राई टू बी नॉटी।'

'जब अपने से आधी उम्र की लड़की से दोस्ती करोगे तो ये शैतानियाँ तो झेलनी ही पड़ेंगी।' उसकी आँखों में बड़ी मासूमियत और नटखट बचपन था।

मुझे कोई उत्तर नहीं सूझ रहा था।

'अच्छा मैडम मेरी खिंचाई करने के मूड में हैं। यू आर प्रोवोकिंग मी...।'

'क्यों, क्या करोगे... ?' उसकी आवाज में सुरूर भरा ठहराव था। उसकी चमकती आँखें मेरे अन्दर अकथनीय उत्तेजना पैदा कर रही थीं।

एकाएक मैंने उसे अपनी ओर खींच लिया और उसके होंठों पर अपने होंठ रख दिए। पहले बहुत धीमे से और जब उसके होंठों का दबाव मुझे अपने होंठों पर महसूस हुआ तो मैं उसे बेतहाशा चूमने लगा। वह मेरी बाहों में सिमट आई।

उत्तेजना का उद्दाम आवेग हमें झकझोरने लगा। हमारे बीच एक अन्धड़ सा आ गया था। जैसे-जैसे मैं उसे अपने में कसता गया, वह खुलती गयी। आगे सब कुछ बड़ा नैसर्गिक किन्तु अप्रत्याशित था।

जब वह अपने अन्दर की गिरफ्त से मुक्त हुई तो मैं क्लान्त और स्खलित होकर उसके ऊपर निढाल पड़ा था।

सब कुछ इतना आकस्मिक और अप्रत्याशित था कि उत्तेजना निवृत्त होने पर मुझे समझ ही नहीं आया कि मैं क्या कहूँ या उसे किस निगाह से देखूँ। मैं उसकी बाहों में अपना चेहरा छिपाए था। उसने भी मुझसे मुक्त होने की कोई कोशिश नहीं की। जैसे-जैसे मेरा आवेग तिरोहित हो रहा था, अनजाने भय के अणु मेरे अन्दर उगने लगे और बहुत जल्दी मुझे अन्दर ही अन्दर बेधने लगे।

मुझे लगा कि वह मेरी आँखों के सामने से एकदम ओझल हो जाए या मैं ही उसके सामने से अदृश्य हो जाऊँ।

धीरे-धीरे मैं उससे अलग हुआ और उसकी किसी भयंकर प्रतिक्रिया के लिए अपने को तैयार करने लगा। उसकी ओर देखने का साहस मुझमें नहीं था। पता नहीं उसकी आँखें खुली थीं या बन्द। उसके चेहरे पर उन्माद और उत्तेजना की चमक थी अथवा प्रायश्चित और क्षोभ की काली परछाईं।

मन में आया कि यहाँ से तुरन्त चला जाऊँ पर मेरी पूरी देह जड़ और ठस्स थी। सारी ऊर्जा रिसकर मेरे शरीर को काठ बना गयी थी। फिर उसे ऐसे छोड़कर जाना निहायत असभ्य होता।

कुछ देर पहले तक चहकती कनिका की चुप्पी मुझे आतंकित कर रही थी। मन में घबराहट का ज्वार उठ रहा था। ऐसा मेरे साथ जीवन में पहली बार हुआ था। आज भी मैं इसके लिए कतई तैयार नहीं था और न ही मैंने कोई सुरक्षा का उपाय किया था। मुझे नहीं मालूम था कि अगर उसने मेरे आचरण पर कुछ सवाल किया तो मैं क्या उत्तर दूँगा। मन में आया कि मैं उससे कुछ कहूँ पर शब्द मेरे अन्दर जम गये थे।

कुछ देर बाद वह उठी, अपने कपड़ों को व्यवस्थित किया और मेरी नजरों से ओझल हो गयी। मुझे तनिक राहत का अहसास हुआ पर अन्दर की धुकर-पुकर थमने का नाम नहीं ले रही थी। ऐसा लग ही नहीं रहा था कि अभी कुछ देर पहले मैं आनन्द

के चरमोत्कर्ष से गुजरा हूँ। मुझे समझ में नहीं आ रहा था कि मैं उससे क्या कह पाऊँगा।

लगभग पन्द्रह मिनट बाद वह लौटी तो उसके हाथ में एक ट्रे थी जिसमें कॉफी के दो मग थे।

'आई मेक गुड कॉफी। तुम्हें अच्छी लगेगी।' उसके चेहरे पर बड़ी सहजता थी। सैटी पर बैठकर वह धीरे-धीरे मुस्करा रही थी।

मैंने काफी का मग लेकर उसे सिप करना शुरू किया।

'कैसी बनी है?'

'वैरी टेस्टी, थोड़ी डिफरेंट...।'

'हाँ, फिल्टर कॉफी है, बैंगलोर से लाई थी।'

मैं फिर खामोशी से कॉफी पीने लगा। मन बहुत कुछ कहने को कर रहा था पर अभी भी मैं हिम्मत नहीं जुटा पाया था। चारों तरफ जैसे सब कुछ थम गया था। खुली खिड़की के बाहर सब कुछ स्थिर और जड़ था। वही जड़ता मुझमें समा गयी थी।

'इतने चुप क्यों हो यार... ?' उसने ही चुप्पी तोड़ी।

उसके निश्छल और मासूम स्वर से मैंने बड़ी राहत महसूस की। मैंने उसकी ओर तरलता से देखा और उसके हाथ थाम लिए।

'कनिका, आई नैवर थॉट...।'

'कमऑन यार, बी ए स्पोर्ट...। हमें इस बारे में बात नहीं करनी चाहिए। हम लोग परिपक्व और समझदार हैं। हमें पता है कि हमने क्या किया है और क्यों किया है। तुमने मुझे लाइक किया और मुझे भी तुम अच्छे लगे। अब इसके बारे में क्या सोचना... ?'

मैंने उसे अपनी बाहों में खींच लिया।

'कनिका, यू आर ए वंडरफुल परसन। मैं सचमुच बहुत अपसेट था। मन में अजीब-सा क्लेश दस्तक दे रहा था। आई वाज फीलिंग सो गिल्टी। लेकिन तुमने मेरी सारी परेशानी दूर कर दी। आई लव यू...।'

'अच्छा, पहली मुलाकात में प्यार भी हो गया।' उसके स्वर में व्यंग्य था, 'लव एट फर्स्ट साइट...।'

वह ठहाका मारकर हँसने लगी।

'मेरा मजाक उड़ा रही हो...।' मैंने बनावटी गुस्से के साथ कहा।

'और क्या मजाक ही तो है। एक बार मिलने और फिजिकली क्लोज होने से प्यार हो जाता है क्या। देखो, ये प्यार-व्यार की बात मत करो। ये बहुत घपले की चीज है, बड़ी उलझी हुई। हम दोस्त हैं और दोस्त रहेंगे।'

'पर बिना प्यार के...।' मैंने कुछ कहना चाहा।

'किस पचड़े में पड़ गये यार। दोस्ती से अच्छी कोई चीज है भला। प्यार करने के लिए मेरा पति और तुम्हारी पत्नी ही बहुत है। उसी को झेल लो, काफी है। सिर्फ और

सिर्फ अच्छे दोस्त बनकर रहो, यार। इससे ज्यादा और कुछ सोचने की जरूरत नहीं है, प्रमेश।' उसने पूरी संजीदगी से कहा।

मेरे अन्दर कहीं कुछ उद्वेलित हो रहा था, कहीं कुछ चरमराकर टूट रहा था। जिन्दगी के प्रति एक नये नजरिए से रू-ब-रू हो रहा था मैं। मुझे तो लगा था कि प्रेम का आग्रह करके मैं अपने कृत्य को किसी सीमा तक जस्टीफाई कर सकूँगा। पर उसने तो इसे पूरी तरह नकारकर न केवल मुझे पसोपेश में डाल दिया था बल्कि मुझे एक हास्यास्पद स्थिति में धकेल दिया था।

मैंने चुप रहना ही बेहतर समझा।

लखनऊ आकर मैं एक अजीब से कशमकश में जकड़ा रहा था। एक ओर कनिका के साथ बिताये अन्तरंग पलों के अहसास की अनुपस्थिति थी तो दूसरी ओर प्यार जैसे रिश्ते से उनका स्पष्ट इनकार। मुझे लगता ही नहीं कि मैं एक उत्तेजक और आवेगपूर्ण सम्बन्ध से गुजरा हूँ। उन तूफानी लम्हों की कोई याद मेरे अन्दर रोमांच पैदा करने में असफल थी। ऐसा मेरे साथ पहली बार हो रहा था। शायद इसकी वजह मेरी सोच थी कि प्यार में देह शामिल है किन्तु बिना प्यार के भी दैहिक सम्बन्ध हो सकते हैं, को सोचकर मैं कभी उद्विग्न महसूस करता तो कभी बड़ा अपराधी...। 'हम केवल दोस्त हैं और दोस्त ही रहेंगे', कनिका ने बड़ी साफगोई से कहा था। बार-बार ये शब्द मेरे जेहन में उभरते रहते थे। क्या दोस्ती में इस तरह का जिस्मानी रिश्ता वाजिब था?

मेरे अन्दर एक चुभन-सी पैदा हो गयी थी जो मुझे लगातार बेचैन किये हुए थी। अधेड़ उम्र के संस्कार मुझे लगातार कचोटते रहे थे। क्या सचमुच अपनी उम्र और पीढ़ी का अतिक्रमण कर मैंने कोई पाप किया है? कनिका के साथ रिश्ता बनाकर मैंने नयी पीढ़ी में दखलअन्दाजी ही नहीं की है बल्कि शायद एक गुनाह किया है। नैतिकता के तकाजे को नजरअन्दाज भी कर दिया जाए गर अपने अन्तःकरण के प्रति तो आपकी जवाबदेही बनती ही है।

कनिका के साथ अपने रिश्ते और उससे जुड़ी तमाम यादों, घटनाओं, उसकी बातों और मेरे मन में पैदा हुई भावनाओं की मैं लगातार समीक्षा कर रहा था। क्या मैं उससे प्यार करने लगा था या अपने विचलन को जायज ठहराने की कोशिश कर रहा था? क्या इस मुख्तसर-सी मुलाकात को प्यार का नाम दिया जा सकता था? कुछेक ईमेल या ट्विटर और फेसबुक पर पोस्ट/चैटिंग से क्या किसी से प्यार हो सकता है? हम दोनों एक-दूसरे को जानते ही कितना थे। ऐसे में हमारे बीच प्यार जैसा रिश्ता कैसे मुमकिन था? न ही मैं इस भावना के साथ उससे मिला था। फिर उसके सामने प्यार का दावा करके क्या मैं अपने संस्कारों को छल रहा था और एक क्षणिक उत्तेजना और

वासना को प्यार जैसे शब्द के आवरण से जायज ठहराने की कोशिश कर रहा था? अगर हमारे बीच सम्भोग नहीं हुआ होता तब भी क्या मैं उसके सामने प्यार का प्रस्ताव रखता?

मैं अपनी ही दुविधाओं से घिरता जा रहा था। कनिका ने मुझे अपने पूर्व सम्बन्धों पर भी पुनर्विचार करने पर विवश कर दिया था। सलिला और निमिषा के साथ अपने रिश्ते की दोबारा पड़ताल करने की जरूरत मैं महसूस करने लगा था। क्या उनसे प्यार महज एक आडम्बर था जिसकी आड़ में हम एक-दूसरे की भावनाओं से खिलवाड़ करते थे और अपनी संवेदनात्मक व दैहिक माँगों को तृप्त करते रहे थे? महज एक बार के संसर्ग के बाद सलिला मुझसे क्यों दूर हो गयी? क्या काम प्रेम का निकष है अथवा उसका चरम है और उसके बाद यह रिश्ता अधोगति के लिए अभिशप्त है? और निमिषा..., प्यार के तमाम दावों के बावजूद अपनी महत्त्वाकांक्षाओं को तरजीह देते हुए उसने मुझसे दूर होने में कोई देर नहीं की जबकि प्रेम की व्याप्ति और उसके सर्वांगीण प्रभाव के बारे में क्या नहीं कहा जाता, कैसे-कैसे दावे नहीं किये जाते। क्या प्रेम महज एक सुविधाजनक सम्बन्ध है जो आपको केवल तात्कालिक भावनात्मक और शारीरिक सन्तुष्टि प्रदान करता है? इससे ज्यादा न इसका कोई वजूद है और न ही अहमियत...। प्रेम के स्थायित्व के दावे कितने खोखले हैं? क्या आदर्श प्रेम महज एक ढकोसला तो नहीं है? एक यूनीवर्सल यूटोपिया...!

तीसरे दिन मैंने उसे फोन लगाया तो उसका कोई उत्तर नहीं मिला। मुझे अजीब-सा लगा हालाँकि वह पहले भी फोन का तत्परता से कहाँ उत्तर देती थी। पर मेरे लिए तब और अब में एक बड़ा फर्क आया था। उसके साथ बिताये उन अन्तरंग पलों को याद कर मैं उसके करीब महसूस करता था।

न उसका कोई फोन आया और न ही एसएमएस। अन्दर ही अन्दर कहीं मैं बड़ा तुच्छ और हेय अनुभव कर रहा था। कोई ऐसी चीत्कार थी जो मुझे लगातार कचोट रही थी। क्या सोचती होगी वह मेरे बारे में—एक अधेड़ कामुक पुरुष जिसने उसके अकेलेपन और क्षणिक उत्तेजना का नाजायज लाभ उठाया। मुझे सलिला की एक बात रह-रह कर याद आती कि स्त्री की चुप्पी उसकी स्वीकृति नहीं समझी जानी चाहिए। कई बार स्त्री अपने संस्कारों और स्वभाव के चलते विरोध करने का साहस नहीं कर पाती पर इसका यह आशय कतई नहीं कि उसकी उस कृत्य में सहमति है।

क्या कनिका के साथ भी ऐसा ही हुआ? सोच-सोच कर मैं बहुत त्रस्त व दुखी महसूस करता।

अगले कई दिन उसे फोन करने का साहस नहीं हुआ। न ही मैंने उसे कोई मेल भेजी। मुझे इस पर भी कम हैरानी नहीं थी कि उसने भी मुझसे सम्पर्क साधने की कोई कोशिश नहीं की।

मेरा सन्देह विश्वास में बदल रहा था। मुझे लगने लगा कि कनिका मुझसे सम्पर्क रखने की इच्छुक नहीं है। उसकी चुप्पी मेरे अन्दर भीषण क्लेश पैदा करती रही। लगातार अपने को कोसता रहा कि अपने पर नियन्त्रण क्यों नहीं रख सका मैं ? क्या मैंने उसकी सहजता और खुलेपन का लाभ उठाया था ? क्या मैं उसके शारीरिक शोषण का अपराधी था ?

मिलने पर उसके शुरुआती व्यवहार से ऐसा कतई नहीं लगा था कि वह इसके लिए तैयार थी। मैंने भी यह सब कहाँ सोचा था। पर जो हुआ उसकी सारी जिम्मेवारी और नैतिक दायित्व तो मेरा ही माना जाएगा।

कुछ दिनों बाद मैंने उसे लम्बी सी मेल भेजी—'बड़ी हिम्मत करके तुम्हें लिख रहा हूँ। मैं जानता हूँ कि हमारे बीच जो कुछ हुआ वह ठीक नहीं था और उसके लिए मैं और सिर्फ मैं दोषी हूँ। मैं अपने आचरण पर बेहद शर्मिन्दा हूँ। उम्र में तुमसे बड़ा होने के बावजूद मैं अपने पर संयम नहीं रख सका। हाँ, कनिका तुमसे मिलकर मुझे बहुत अच्छा लगा था और उस अप्रत्याशित उल्लास और उत्साह की उत्तेजना में मैं बह गया। वह सब हुआ जिसके बारे में मैंने कल्पना भी नहीं की थी। मैं जानता हूँ कि मेरा आचरण माफी योग्य नहीं है और न ही इस अपराध से मैं कभी मुक्त हो सकता हूँ। पर हाँ, इतना मैं तुम्हें आश्वस्त करना चाहता हूँ कि तुमने मुझे दोस्त कहा है तो इस मित्रता के रिश्ते का मैं हमेशा मान रखूँगा। भविष्य में जैसा तुम चाहोगी, वैसा ही होगा। एक बार फिर सॉरी कनिका..। उम्मीद है कि तुम मेरी भावनाओं को समझोगी।'

अगले दिन सुबह मैंने कम्प्यूटर लॉग इन किया तो उसका जवाब दिखलाई दिया। खुशी और घबराहट के साथ मैंने उसकी मेल को क्लिक किया।

'कम ऑन यार, कैसी स्टुपिड बात करते हो। तुम कितने अच्छे आदमी हो इसका अहसास तो मुझे तुमसे चैटिंग या मेल से ही होता था और मिलने पर मैंने इसे सच भी पाया। पर इतने भोले और नादान हो, अब पता चला। आई लाइक्ड यू प्रमेश एंड एन्ज्वायड योर कम्पनी। उम्र में तुम मुझसे बड़े हो ही, पर मैं भी बच्ची नहीं हूँ। इक्कीसवीं सदी की लड़की हूँ और जानती हूँ कि क्या कर रही हूँ। इतना समझ लो कि मेरी चाहत के बिना कोई मेरी उँगली भी नहीं पकड़ सकता। इसलिए बेबी, आयम गुड, तुम भी ठीक रहो। बेकार के ख्याल अपने मन में मत लाओ। बाय दि वे, दिल्ली कब आ रहे हो। आई मिस यू एंड होप टू सी यू सून।'

कनिका की मेल पढ़कर मेरे अन्दर प्रसन्नता की लहर-सी दौड़ गयी। अन्दर का बोझ जैसे एकाएक लुप्त हो गया और मन बड़ा हल्का महसूस करने लगा। ऐसा लगा जैसे एक लम्बी न्यायिक प्रक्रिया के बाद मुझे दोषमुक्त करार दिया गया है। जब आपका अन्तरंग किसी अपराध की गिरफ्त में हो तो रिहाई आपकी आत्मा को सुख देती है। मैंने अन्दर तक एक ठंडापन महसूस किया। अन्तस की सारी छटपटाहट और उद्विग्नता पलों

में गायब हो गयी थी।

मैंने एक संक्षिप्त उत्तर दिया—'कनिका, तुम्हारी इस मेल ने मुझे कितनी राहत दी है, तुम समझ नहीं सकतीं। आई वाज सो अपसेट। व्हॉट ए रिलीफ। कनिका, यू आर ए वंडरफुल परसन। लव यू सो मच...।'

उत्तर में उसने एक स्माइली भेजी थी।

अगले एक माह हमारे बीच फिर सन्नाटा छाया रहा। मैं उसके मेल या फोन का बेताबी से इन्तजार करता। उससे बात करने या उसका हाल-चाल जानने के लिए मेरे अन्दर तड़प होती पर उत्तर न मिलने की सम्भावना से मैं अपने को रोक लेता। रोज सुबह उठकर अपनी मेल चैक करता और दिन भर अपने मोबाइल की ओर ललचाई नजर से देखता रहता। हालाँकि अब मैं कनिका को काफी कुछ समझ गया था पर दिल की बेचैनी थमने का नाम नहीं लेती।

मैं अपने को अभी तक समझा नहीं पाया था। जब-तब मेरे अन्तर का बवंडर हाहाकार करने लगता। मुझे यकीन नहीं होता कि कोई लड़की प्रेम की गहरी संवेदना के बिना अपना सर्वस्व अर्पित कर सकती थी। इसके बरक्स अक्सर मुझे सलिला की याद आने लगती जो पूरी शिद्दत से महसूस करती थी कि प्रेम में देह का कोई स्थान नहीं है। और जब हमने देह की उस सीमा का अतिक्रमण किया तो वह मुझसे दूर होती चली गयी। शायद वह ऐसा चाहती भी नहीं थी पर कोई ऐसी आन्तरिक शक्ति थी जो लगातार उसे मुझसे दूर धकेल रही थी। और वह असहाय-सी बनी रही। शायद चाहकर भी वह अपनी भावनाओं को अपने अन्तर्मन पर हावी नहीं कर पायी। हाँ, निमिषा जिस जकड़न की बात करती थी, कनिका उससे पूरी तरह मुक्त थी। हमारे बीच इतनी प्रगाढ़ता ही कहाँ थी कि किसी प्रकार की जकड़न का अहसास हो।

फिर यह कैसा रिश्ता था और उसे क्या नाम दिया जा सकता था... ?

दिन पर दिन बीतते गये पर कनिका का कोई फोन या मेल नहीं आया। उसकी सोच को समझते हुए मेरे अन्दर भी संकोच था हालाँकि जब-तब मेरा मन उससे बात करने को करता। नया साल आया तब भी उसकी तरफ से कोई सन्देश नहीं आया। मैंने ही शाम को उसे एसएमएस किया पर उसका कोई उत्तर प्राप्त नहीं हुआ। एक बार फिर मैं परेशान हुआ और अकारण झुँझलाहट-सी महसूस की। नये साल पर शुभकामनाओं की औपचारिकता तो लोग वैसे ही कर देते हैं और कनिका जिसने मुझे दोस्त कहा था, इससे पूरी तरह उदासीन और असम्पृक्त थी।

कुछ अरसे बाद मैं अपने को रोक नहीं सका और उसे फोन मिला दिया। सुखद आश्चर्य यह कि उसने फोन उठा भी लिया।

'अरे व्हाट ए प्लैजेंट सरप्राइज, प्रमेश। कैसे हो? इतने दिनों बाद कैसे याद किया?' उसने चहकती आवाज में कहा।

मन में तो आया कि उस पर बरस पड़ूँ और जमकर उसे सुनाऊँ। पर मैंने संयम रखा।

'इसलिए क्योंकि तुम तो कभी याद करती नहीं। नये साल तक पर न खुद मैसेज भेजा और न ही मेरे एसएमएस का जवाब तक दिया। इतनी कठोर दिल की तो तुम लगती नहीं, कनिका।'

'अरे यार,' वह हँसने लगी, 'क्या रखा है इस सब में। याद तो तुम्हें करती ही हूँ। तुमसे बात करना भी अच्छा लगता है। पर जब जरूरी हो तभी बात करना चाहिए न।'

'इसका मतलब तुम्हें बात करने की जरूरत महसूस नहीं होती।'

'महसूस होती भी हो तो भी दिल्ली में किसके पास इतना टाइम है, प्रमेश। अकेले रहकर सब कुछ खुद देखना इतना आसान नहीं है यार। कितना वक्त तो ट्रैवलिंग में ही निकल जाता है। फिर पढ़ना और घर के तमाम काम...। पता ही नहीं चलता कि कब सुबह से शाम हो जाती है। थकान अलग बदन को चूर कर देती है।'

'बात तो तुम्हारी ठीक है पर...।'

'पर क्या?'

'आई मिस यू सो मच, कनिका।'

'अच्छा,' उसने उलाहना भरे स्वर में कहा, 'बड़ा घिसा-पिटा सेंटेंस है। कुछ नया कहो।' वह जोर से हँसने लगी। कुछ देर हँसने के बाद वह सधे स्वर में बोली, 'अरे यार, मिस तो करते ही हैं। फ्रेंड्स तो हमेशा दिल-दिमाग में रहते हैं। पर इसके लिए रोज बात करना जरूरी नहीं है। कभी मन हो या कोई जरूरी बात हो तो जरूर करो। आज तुमने फोन किया तो अच्छा लगा।'

'तुमसे बात करने का मन करता है, कनिका।' मैंने पूरी संजीदगी से कहा।

'क्यों...? मेरी आवाज इतनी अच्छी है या कुछ और याद आता है।' एक बार फिर वह खिलखिलाई।

मैं खामोश रहा। मैं नहीं जानता था कि वह मेरी भावनाओं का उपहास कर रही थी या सचमुच ऐसा सोचती थी। क्या वास्तव में वह अपने सभी खास दोस्तों के साथ ऐसा ही सम्पर्क रखती होगी? क्या इक्कीसवीं सदी में रिश्ते इतनी ही निस्पृहता और निर्विकार भाव से चलते हैं?

'बुरा मान गये क्या?' उसकी आवाज एकदम सपाट थी, 'देखो प्रमेश, ज्यादा बात करने या ज्यादा मेल, एसएमएस करने से एक्सपोज होने का खतरा बना रहता है। क्या जरूरत है इसकी? फिर हम दोनों की अपनी जिन्दगी है, उसके कमिटमेंट हैं जिन्हें प्राथमिकता देनी ही है। इतना हमें पता है कि वी आर फ्रेंड्स। उस मित्रता का रात-दिन

राग अलापना मुझे जरूरी नहीं लगता। इसलिए ऐसा मत सोचा करो। हाँ, जब दिल्ली आओ तो मुझे पहले से बता देना। मैं तुमसे जरूर मिलूँगी। ठीक है। अच्छा अब रखती हूँ।'

मेरी कोई बात या प्रतिक्रिया सुने बगैर उसने फोन रख दिया।

कनिका से बात करके मैं एक अजीब-सी उलझन से घिर गया था। जिस उदासीनता और संवेदनहीनता के साथ संक्षिप्त-सी बात करके वह फोन से अलग हो गयी थी, मुझे खासा परेशान कर रहा था। मुझे लगा कि मैं अभी तक कनिका को ठीक तरह नहीं समझ पाया था। कभी लगता कि वह मेरे आचरण पर क्षुब्ध और दुखी है और महज औपचारिकता के नाते मुझसे बात कर लेती है। कुछ लोगों का यह स्वभाव होता है कि वह कटु और अप्रिय नहीं होना चाहते। अपनी बेरुखी को भी वह लगाव की चाशनी से लपेटे रहते हैं और दूसरा व्यक्ति उसी के भ्रम में खुश रहता है। हालाँकि कनिका के व्यक्तित्व से ऐसा लगता नहीं था।

अगले दो महीने तक उसका कोई फोन नहीं आया। मैं भी हतोत्साहित था। हाँ, इस बीच उसके दो मेल जरूर आए, बस हाय-हलोवाले। उनमें न अपने बारे में कुछ होता और न मेरे बारे में जानने की कोई उत्सुकता होती।

कुछ महीने बाद मेरा दिल्ली जाने का कार्यक्रम बना। उससे मिलने की मेरे अन्दर कोई खास चाह नहीं थी पर मैं उसे लेकर अपने मन में उठ रही शंकाओं और दुविधाओं का समाधान करना चाहता था। उसने मिलने को कहा भी था पर पता नहीं क्यों, मुझे लगता था कि वह मुझसे मिलने से मना कर देगी या कोई न कोई बहाना बना देगी।

यह इनकार शायद मेरे लिए बड़ी राहत होगी क्योंकि तब मुझे उसके बारे में ज्यादा कुछ सोचने-समझने की जरूरत ही नहीं थी।

मैंने अपने कार्यक्रम की पूर्व सूचना देना जरूरी नहीं समझा हालाँकि उसने ऐसा कहा था। सच यह था कि इस रिश्ते को लेकर मैं बिलकुल सहज महसूस नहीं करता था। उससे मिलने की कोई चहक मेरे अन्दर नहीं थी। शायद मैं उसकी मित्रता के स्वरूप से पूरी तरह समझौता नहीं कर पाया था या मेरे अन्दर के संस्कार और तत्व देह तक सीमित रिश्ते को स्वीकार करने में गुरेज कर रहे थे। एक बोझ से दबा और त्रस्त महसूस करता मैं और अपनी इस दूसरी मुलाकात में उस यन्त्रणा से मुक्त होना चाहता था।

पूरा दिन उसे फोन करने या न करने के पसोपेश में गुजर गया। मुझे सन्देह था कि वह मेरे फोन का जवाब देगी।

और वही हुआ जिसका मुझे डर था। मेरी तीन कॉल्स अनुत्तरित गयीं। यह कोई नयी बात नहीं थी पर मैंने पहले कभी उसे एक दिन में तीन बार फोन नहीं किया था। मन में आया कि एसएमएस भेजूँ पर उसकी बात याद कर मैंने अपने को ऐसा करने से रोक लिया। क्या पता उसका पति उसके साथ हो या वह ही उससे मिलने बैंगलौर गयी हो।

मुझे लगा कि मुझे उसकी बात मानकर अपने कार्यक्रम की पूर्व सूचना देनी चाहिए थी।

रात के करीब नौ बजे उसका फोन आया।

'सॉरी प्रमेश, दिन में काफी बिजी थी, इसलिए बात नहीं कर सकी। तीन कॉल्स थीं, कोई खास बात... ?' उसने बड़ी थकी-सी आवाज में पूछा।

मैं उसकी सहजता और भोलेपन पर कभी मुग्ध अनुभव करता तो कभी चिड़चिड़ाहट...। पर अपने को संयत रखा मैंने और खामोश रहा।

'चुप क्यों हो यार, एवरीथिंग फाइन.. ?'

'हाँ..।'

'फिर तीन कॉल्स.. ?'

उसके पूछने पर मैं जैसे किसी अपराधबोध से घिर गया। मुझे लगा कि मैंने कोई बड़ा गुनाह कर दिया था। मेरे मुँह से कोई जवाब ही नहीं निकला।

'व्हाट हैपेंड... ?'

'नथिंग, आयम इन डेल्ही।'

'कमऑन यार, बताया भी नहीं।'

'इसीलिए फोन कर रहा था।'

'तो पहले बताना था न यार। मैंने तो तुमसे कहा भी था।'

'सरप्राइज देना था।'

'स्टुपिड, सरप्राइज के चक्कर में पूरा दिन वेस्ट कर दिया।'

'पर तुम तो बिजी थीं।'

'हाँ, पर कुछ मैनेज करती। चलो छोड़ो, कब तक हो ?'

'कल वापस जा रहा हूँ।'

'क्या...! व्हाट नौनसेंस। यह भी कोई प्रोग्राम हुआ। कुछ वक्त लेकर तो आते। खैर नेक्स्ट टाइम..।' बड़ी सहजता से बुझी-सी आवाज में उसने कहा।

मुझे एक झटका-सा लगा। इसका मतलब साफ था कि हम इस बार नहीं मिल रहे हैं जबकि मैं उससे मिलना जरूरी समझता था। मेरे अन्दर भावनाओं के टकराव का जो चक्रवात था, उसके समाधान के लिए यह अहम था। उसकी बात से जाहिर था कि उसमें मिलने की कोई खास चाहत नहीं थी, न ही कोई उत्साह था।

'कनिका,' मैंने धीरे से कहा, 'तुमसे मिलना चाहता हूँ। कल दिन में किसी वक्त...।'

'दिन में कहाँ पॉसिबिल हो पाएगा। एक सेमीनार में बिजी रहूँगी।' उसके स्वर में वैसी ही ठंडक थी।

'थोड़ा-सा वक्त भी नहीं मिलेगा ?'

वह कुछ देर खामोश रही और फिर चहकते स्वर में बोली, 'व्हाट अबाउट

डिनर.. ?'

'कहाँ... ?'

'कहाँ, घर ही आ जाओ, यार। मैं होम डिलीवरी करा लेती हूँ।'

'इस वक्त... ?'

'तो क्या हुआ। पहले भी तो आ चुके हो। यह दिल्ली है यार..। कमऑन, आयम वेटिंग फॉर यू।' कहकर उसने फोन काट दिया।

मैं एक बार फिर कशमकश में घिरा था। कहाँ 'नेक्स्ट टाइम' कहकर उसने अपनी बेरुखी दिखलाई थी और अब उसकी आवाज में पूरा जोश था। मुझे समझ ही नहीं आया कि मैं इसका क्या अर्थ समझूँ। कनिका मुझसे मिलने के लिए उत्साहित थी या महज एक औपचारिकता के नाते न्यौता दिया था। उसकी रुचि मुझमें थी या डिनर की कम्पनी में...।

मैं उसके आमन्त्रण को लेकर गहरी दुविधा में था। सच यह है कि मेरे अन्दर उससे मिलने का कुछ खास उत्साह नहीं बचा था। अन्दर की चुभन मुझे लगातार अहसास करा रही थी कि मैं खुद को उस पर थोप रहा हूँ। एकबारगी मन में आया कि उसे मना कर दूँ। मुझे मालूम था कि वह मेरे इनकार को सहज रूप से स्वीकार कर लेगी। पर शायद यह मेरे लिए दूसरा आघात होता।

मैं विकल्पहीनता से जकड़ा महसूस कर रहा था।

बेमन से मैं उसके घर की ओर चल दिया। कितनी हैरानी की बात थी कि एक लड़की जिसके साथ अन्तरंग पलों के दौर से आप गुजर चुके हैं, से मिलने आप इतनी जड़ता और उदासीनता के साथ जा रहे हैं। न कोई उत्तेजना, न कोई उन्माद...। ऐसा लगा कि महज फर्ज अदायगी के नाम पर मैं उसके पास जा रहा हूँ। पर यह कैसा कर्तव्यबोध था—और वो भी कनिका के लिए। उसने तो कभी कुछ कहा ही नहीं था। न किसी प्रकार की अपेक्षा की थी।

शायद यह मेरे अन्तर की पुकार थी या अपने अन्दर की गिरह को सुलझाने की जरूरत थी।

फोन की घंटी बजी और कनिका का नाम चमका तो मैंने तुरंत फोन कान पर लगाया।

'हाँ..।' मुझे पूरा यकीन था कि वह मुलाकात कैंसिल कर देगी।

'कुछ लेना हो साथ ले आना।' उसने बेहद ठंडी आवाज में कहा।

'मतलब... ?' मैं उसकी सीधी बात को भी नहीं समझ सका।

'अरे यार, बियर या व्हिस्की। इतने बेवकूफ तो नहीं लगते।' उसकी आवाज में अजब-सा रूखापन था।

'ओह सॉरी, क्या लोगी तुम ?'

'जो तुम लोगे...।' उसने फिर फोन काट दिया था।

बियर के छह टिन लेकर मैं उसके घर पहुँचा तो वह शार्ट्स और टीशर्ट पहने नीचे बिछे गद्दे पर बैठी थी। पास आकर उसने मुझे हौले से हग किया और पहले की तरह बैठ गयी। उसके चेहरे से थकान टपक रही थी। चेहरा बेरौनक था, बाल रूखे और उलझे हुए थे। ऐसा लगा ही नहीं कि उसने मुझसे मिलने के लिए कोई तैयारी की थी।

'काफी थकी लग रही हो?'

'हाँ यार, सेमीनार की तैयारी में काफी बिजी रही। काफी भाग-दौड़ करनी पड़ी। पर छोड़ो, दिल्ली कैसे आना हुआ?'

'तुमसे मिलने...।'

'मुझसे मिलने? डोंट ट्राई टू बी फूल मी। मुझसे मिलने क्यों आओगे?' वह अजीब तरह से मुस्कराने लगी जिससे मेरा उपहास टपक रहा था।

मुझे उसके सवाल पर हैरानी थी। मुझे समझ ही नहीं आया कि उसको क्या जवाब दूँ। मैं अपने को और हास्यास्पद नहीं बनाना चाहता था। मैं कुछ देर चुप रहा और उसे गौर से देखता रहा।

'लीव इट..।' उसने ही मुझे संकट से उबारा, 'लेट्स ड्रिंक..।'

उसने बियर का कैन खोलकर अपने मुँह से लगा दिया। एक घूँट लेकर हँसकर कहा, 'तुम भी लो न। मैं तुम्हारा भी टिन खोलूँ क्या?'

उसकी टिप्पणी पर मुझे झेंप-सी हुई। मैंने भी एक कैन खोल लिया और हम करीब एक घंटे तक बियर पीते रहे और इधर-उधर की हल्की-फुल्की बातें करते रहे। वह बड़ी सहज और स्वच्छन्द दिख रही थी। उसकी बातचीत या हावभाव से ऐसा कतई नहीं लगा था कि वह एक ऐसे पुरुष के साथ है जिसके साथ उसका शारीरिक सम्बन्ध बन चुका है। हम केवल दोस्त थे, पुरुष और स्त्री नहीं। हमारी बातचीत में प्यार या भावनात्मक लगाव जैसा कोई आवेग नहीं था। उसने मुझे भी ऐसा जाहिर करने का कोई मौका नहीं दिया। मुझे समझ ही नहीं आया कि यह कैसा रिश्ता है जिसमें एक बार आप उत्तेजना के आवेग में पूरी तरह बहते नजर आते हैं और दूसरी मुलाकात में एक-दूसरे के आकर्षण से पूरी तरह मुक्त और निस्पृह...।

इस बीच खाना भी आ गया था। खाना खाकर वह सुस्त नजर आने लगी। दिन भर की भागदौड़ और बियर का नशा उस पर हावी हो रहा था। हमारी बातें भी जैसे खत्म हो गयी थीं। ग्यारह से ऊपर का वक्त हो चला था। मुझे लगा कि मुझे चलना चाहिए।

'तुम काफी थकी लगती हो। अब आराम करो। मैं चलता हूँ।' मैंने कहा तो वह धीरे से मुस्करा दी।

'चलोगे?' बुझी-सी आवाज में पूछा उसने।

'हाँ, यार।'

'ओके प्रमेश...।' वह खड़ी हो गयी, 'जल्दी ही दोबारा प्रोग्राम बनाना। और हाँ, कुछ वक्त लेकर आया करो।'

मैं मन ही मन हँस दिया। पता नहीं किस और कैसे वक्त की बात कर रही थी वह। और क्या इसकी उसे कोई जरूरत थी?

वह मेरे पास आयी और हौले से मुझे अपनी बाहों में लपेट लिया। मैंने अपनी जकड़न बढ़ाई तो वह चेहरा ऊपर करके धीरे से मुस्करा दी। क्यों, मुझे कतई समझ नहीं आया।

'मे आई किस?' मैं फुसफुसाया।

उसने अपने होंठ मेरे पास कर दिए। मैंने अपने होंठ उसके होंठों पर रखे तो वह ठस्स सी खड़ी रही। उसके होंठों या देह में कोई थिरकन नहीं थी। ऐसा लगा जैसे मांस का एक लोथड़ा मेरे अधरों में दबा है।

'थैंक्स कनिका। थैंक्स फॉर लवली इवनिंग एंड डिनर।' मैं उससे अलग हो गया था।

'कमऑन प्रमेश। प्लैजर इज एब्सोलूयटली माइन। सी यू सून...।'

उसने दरवाजा खोल दिया था।

दिल्ली की यात्रा से मेरे अन्तर्मन को कोई राहत नहीं मिली थी। उल्टे मेरे अन्दर का बोझ बढ़ गया था। कनिका से अपने रिश्ते को लेकर मैं जबरदस्त ऊहापोह में झूल रहा था। शायद युवा पीढ़ी की मानसिक बुनावट को समझने में मैं असफल था। ...आखिर मेरे और कनिका के बीच यह कैसा रिश्ता था। कोई रिश्ता था भी या नहीं। पहली मुलाकात में वो उत्तेजना व आवेग और दूसरी भेंट में इस तरह की निर्लिप्तता और ठंडापन। पर साथ ही आत्मीय आमन्त्रण, खुलापन और देर रात तक मेरे साथ वक्त गुजारने पर पूरा भरोसा और यकीन।

इसके लिए मैं खुद भी कम दोषी नहीं था। मैं ही कहाँ खुल पाया था या उससे कुछ कह पाया था। शायद मुझे पहल करने की जरूरत थी पर ऐसा मुमकिन ही कहाँ था। मेरी मौजूदगी से वह पूरी तरह उदासीन और निरासक्त प्रतीत हो रही थी। उसका व्यवहार बड़ा सपाट और रूखा था। इतना तो साफ था कि यह प्रेम नहीं था। इसे वह पहली मुलाकात में ही स्पष्ट कर चुकी थी। मित्रता का भाव जरूर था पर वैसा नहीं जैसी स्त्री-पुरुष की मित्रता की मेरी परिकल्पना थी। मैं मानता हूँ कि स्त्री-पुरुष की मित्रता समलैंगिक मित्रता से भिन्न होती है। कहीं न कहीं उसमें दैहिक खिंचाव जरूर होता है, चाहे उसे जाहिर न भी किया जाए या उस रूप में उसे न लिया जाए।

मुझे लगने लगा था कि पहली मुलाकात में जो कुछ हुआ था, वह महज एक

आकस्मिक घटना थी या एक हादसा था जिसके लिए कनिका कतई तैयार नहीं थी। यह ख्याल आते ही मैं एक अपराधबोध से घिरा महसूस करता। कभी अपनी ही नजरों में गिरा अनुभव करता और एक अजीब-सी बेचैनी मुझे अन्दर ही अन्दर तिलमिलाती रहती। हालाँकि इस दूसरी मुलाकात ने मुझे इतना सुकून जरूर दिया था कि कनिका मुझसे मिलने और मेरे साथ वक्त गुजारने को राजी हुई। वह चाहती तो आसानी से इसे टाल जाती और मुझे घर बुलाने का जोखिम तो कतई नहीं उठाती।

पर उसने मुझे पूरा वक्त दिया। उसकी व्यस्तता से नाउम्मीद होने के बावजूद उसने मुझे रात्रिभोज के लिए आमन्त्रित कर मुझे इस मित्रता के प्रति आश्वस्त किया। शायद पहली मुलाकात की घटना उसके लिए कोई खास अहमियत नहीं रखती थी और उसे लेकर उसके अन्दर कोई अपराधबोध या ग्रन्थि नहीं थी। शायद वह कथित हादसा उसके लिए 'अघटना' हो। इस बार भी जब मैंने उसे अपनी बाहों में जकड़ा तो वहाँ कोई प्रतिरोध नहीं था और न ही चुम्बन के अनुरोध पर किसी तरह का इनकार या संकोच। शायद हम आगे भी बढ़ सकते थे।

इस सब कशमकश के बीच जो चीज मुझे हर पल कोंचती थी वह थी कनिका की मेरे अन्दर की अनुपस्थिति। अपने अन्दर मुझे उसकी मौजूदगी का कतई अहसास नहीं होता था। मैं अन्दर तक खाली महसूस करता जबकि सलिला और निमिषा मुझे अन्दर तक भराव की अनुभूति से सराबोर रखती थीं। इन दिनों मुझे सलिला और निमिषा अक्सर याद आतीं। उनसे रिश्ते की कनिका से तुलना उभरने लगती हालाँकि तुलना का कोई तार्किक आधार नहीं था। कनिका प्रेमिका तो दूर मुझे मित्र होने का आभास तक नहीं कराती थी। ऐसा लगता जैसे सरे-राह कोई मुसाफिर आपसे बतियाने लगा हो जो गन्तव्य पर पहुँचकर पूरी जिन्दगी आपसे दूर हो जाता है।

यह भूमंडलीकरण का प्रभाव था या संक्रमण के दौर से गुजरते रिश्तों का नया रूप अथवा नयी दुनिया की स्थापन्नता और क्षण में जीने का अभ्यास...।

दिल्ली से लौटने के बाद न तो मैंने कनिका से कोई सम्पर्क किया और वह तो पहले से ही इस तरह की औपचारिकताओं से परे थी। मुझे लगने लगा था कि मुझे कनिका से कोई सम्पर्क नहीं रखना चाहिए। हमारी सोच और संवेदना में गहरी व अलंघ्य खाई है जिसे पाटा नहीं जा सकता। इसी द्वन्द्व के चलते मैंने उसे कोई मेल भी नहीं भेजी। लगभग दो महीने बाद उसकी एक सामान्य-सी मेल जरूर आई थी जिसका मैंने पूरी सावधानी बरतते हुए उत्तर दिया था जिसमें कुछ भी व्यक्तिगत नहीं था। तकरीबन एक साल तक हमारे बीच झीना सा सम्पर्क बना रहा। इस बीच मेरा दिल्ली जाना भी हुआ पर मैंने उससे मिलने की कोई कोशिश नहीं की। शायद मुझे इस तरह का रिश्ता मंजूर नहीं था जिसमें किसी प्रकार की ऊष्मा, संवेदना और संवेग नहीं थे।

मैंने उससे दूर होने का निर्णय कर लिया था।

वह तो असम्पृक्त थी ही। उसने भी सम्पर्क रखने की कोई कोशिश नहीं की। धीरे-धीरे हम एक-दूसरे से दूर हो गये थे।

आभासी दुनिया से वह प्रकट हुआ था और उसी में वह लुप्त हो गया। आप कह सकते हैं कि मैंने उसे गुम हो जाने दिया बिना किसी आभास के।

मेरे लिए यह कोई नया अनुभव नहीं था। फेसबुक, ट्विटर जैसे सोशल मीडिया पर यह रोजमर्रा का खेल है। खेल सुनकर आप चौंक सकते हैं पर मैं और मेरे जैसे इक्कीसवीं सदी के अधिकतर युवाओं के लिए सोशल मीडिया गेम से ज्यादा कुछ नहीं है, सस्ता और सुलभ टाइमपास और दीन-दुनिया के सम्पर्क में रहने का एक रोमांचक माध्यम। अलबत्ता कुछ अपवाद भी हैं जिनके लिए कभी ये उनकी रचनात्मकता का माध्यम है तो कभी अपनी महत्त्वाकांक्षाओं, कुंठाओं. हताशा, प्रतिस्पर्धा, विद्वेष, चरित्र हनन का ऐसा जरिया जिसमें आप बिना किसी बन्दिश के भयमुक्त होकर अपनी भावनाओं को अभिव्यक्त कर सकते हैं। कभी यह स्वप्रचार और आत्मश्लाघा का अत्यन्त निर्लज्ज साधन बन जाता है तो कभी निन्दा और भर्त्सना का बेहद भौंडा शस्त्र। मिनटों में तमाम प्रतिक्रियाएँ. लाइक्स, समर्थन या फूहड़ आलोचना... ।

ऐसा नहीं है कि मैं इससे पूरी तरह अछूती हूँ। कभी विवाद तो कभी फ्लर्ट को मैं भी एन्जॉय कर लेती है पर ये सब निहायत संवेदनहीन स्तर पर चलता है। इसमें मैं न ज्यादा दिमाग खपाती हूँ और भावनात्मक स्तर पर महसूस करने का तो प्रश्न ही नहीं होता। कई बार दोस्ती में जब भावनाएँ घुसपैठ करने की कोशिश करती हैं तो मैं उससे पूरी सतर्कता से बच निकलती हूँ। ऐसे लोगों पर कभी मुझे दया आती है तो कभी हँसी। मेरे साथ ऐसा कुछेक बार हो चुका है पर उन लोगों और प्रमेश में कुछ बुनियादी फर्क था। लगभग सभी मेरे समवय थे और इस विषय पर जैसी मेरी सोच है, वे भी उसे बखूबी समझते थे। उनके लिए दोस्ती महज दोस्ती थी जिसमें भावनाओं की दखलन्दाजी कतई गैरजरूरी थी। मित्रता की सीमाओं का निर्धारण वे आपसी सहमति से करते थे और अक्सर उसी हद तक जाते थे जो साथी को स्वीकार्य हो। इसके बाद किसी तरह का रिश्ता उनके लिए वर्जित नहीं था।

पर प्रमेश और मेरे बीच एक पीढ़ी का अन्तराल था। उसकी और मेरी सोच व नजरिए में बीसवीं और इक्कीसवीं सदी की फाँक थी। मुझे लगता है कि आज के दौर में ऐसे अधेड़ और बुजुर्ग अपने को अद्यावधि तथा सामयिक व युवा पीढ़ी के समानान्तर रखने के मकसद से सोशल मीडिया की शरण में जाते हैं। हँसी में हम लोग इसे ऐसे ही देखते थे जैसे बुजुर्गों द्वारा अपने बालों को रँगने का जुनून जिससे वे नयी पीढ़ी के साथ घुलमिल सकें, उनसे संवाद स्थापित कर सकें और अपनी पीढ़ी और युग को पीछे छोड़कर नये समय, समाज और मूल्यों का भरपूर लुत्फ उठा सकें।

प्रमेश से सम्पर्क होने पर मैं उसकी सोच, अध्ययन और अभिव्यक्ति से प्रभावित हुई थी। मेरे फ्रेंड्स की सूची में ऐसे कुछ और भी मित्र थे। अलबत्ता उनसे ये आभासी सम्पर्क महज सोशल मीडिया की दुनिया तक सीमित था। न उन्होंने मेरे बारे में ज्यादा कुछ जानने की कोशिश की और अपने बारे में बतलाने में भी उन्हें संकोच था। मुझे लगता था कि उनमें से कई के एकाउंट फेक भी थे। कइयों ने अपने फोटो भी नहीं लगाए थे (मैं भी उनमें शामिल हूँ) या फिल्मी या राजनीतिक हस्तियों की फोटो से अपना एकाउंट चला रहे थे। मुझे इससे कोई फर्क नहीं पड़ता था क्योंकि मेरा मकसद भी महज टाइम पास था। कुछ अहम जानकारियाँ फेसबुक के माध्यम से मुझे मिल जाती थीं, कुछ अच्छी पुस्तकों, फिल्मों, पत्रिकाओं में छपे लेखों के बारे में पता चल जाता था। मेरे लिए फेसबुकिया दोस्ती की इतनी भर अहमियत थी। नतीजतन कभी किसी से लगातार सम्पर्क रहता तो कभी महीनों का अन्तराल। कभी बेहद तीखी बहस तो कभी पुरजोर समर्थन। कभी रिश्ते में जबरदस्त तल्खी आ जाती तो कभी बड़ी आत्मीयता। मुझे नहीं लगता कि स्त्री या पुरुष होने का कोई अहसास हमारे बीच आता। महज और महज दोस्त—लिंगभेद विहीन।

इसलिए जब प्रमेश ने मुझसे फोन नम्बर माँगा तो मुझे कतई अच्छा नहीं लगा और मन ही मन झल्लाई भी थी। मैंने अपने कई मित्रों को इस बारे में बतलाया और हम लोग खूब हँसे थे। उसके बार-बार आग्रह पर मैंने उसे फोन नम्बर दे दिया था। कई बार की कॉल्स और एसएमएस के बाद जब हमारी बात हुई तो मुझे अच्छा लगा था। उसमें एक मित्रता भाव था पर कहीं अन्दर कुछ आशंकाएँ और भय भी उसे उद्वेलित कर रहे थे। उसने अपने बारे में काफी साफगोई से बतलाया था। हाँ, उसके आचरण और बातचीत में अतिशय सतर्कता झलकती थी। मैं उसकी दुविधा को समझ सकी थी। वह किसी प्रकार का जोखिम उठाने की स्थिति में नहीं था। उसके प्रौढ़ व्यक्तित्व और परिपक्वता का मुझे आभास हो गया था। उसकी इसी मन:स्थिति को समझते हुए ही मैंने उससे मिलने को हामी भर दी थी। अपनी और उसकी उम्र के लम्बे फासले को देखते हुए मैंने उसे घर आने का न्यौता भी दे डाला था। मैं जानती थी कि वह संकोच और संशय में झूल रहा है। इसीलिए इस मुलाकात को लेकर मुझमें एक नये तरह का रोमांच था।

वह पूरी सौम्यता और शिष्टता के साथ मुझसे मिला था और कुछ देर तक काफी बँधा-बँधा-सा महसूस हुआ। उसके चेहरे पर बालसुलभ लाज थी और आत्मविश्वास की जबरदस्त कमी। उसका आकर्षक व्यक्तित्व, खिचड़ी बाल, चेहरे पर तेज और झीना-सा शर्मीलापन मुझे खासा रोचक लगा था। जब मैंने उससे कुछ लिबर्टी ली तभी वह खुलता गया। स्पर्श की उत्तेजना ने उसे अवमुक्त कर दिया और उसके बाद वह सब हुआ जिसकी हम दोनों ने कभी कल्पना भी नहीं की थी। मेरे लिए भी यह एक नया अनुभव था।

पर उसके बाद..., जब मैं अपने को सहेजने की कोशिश कर रही थी तो उसकी झुकी आँखों और मुरझाए चेहरे पर शर्मिन्दगी, झेंप, अपराधबोध और एक बेहद दयनीय असहायता के भाव थे। मुझे उस पर तरस आया और जानबूझकर मैं उसके सामने से हट गयी थी और बेवजह कॉफी बनाने में वक्त गुजारने लगी जिससे वह प्रकृतिस्थ और सामान्य हो सके।

पर वह अपनी जकड़नों से आसानी से मुक्त नहीं हो पाया। पहले वह अपने अपराध की याचना करने लगा और जब मैंने उसे दोषमुक्त करार दिया तो वह प्यार का इजहार कर बैठा। मैं मन ही मन मुस्कराई थी।...व्हाट स्टुपिड। काम सम्बन्धों से भी प्रेम पैदा होता है क्या? प्रेम से देह का मार्ग तो अवश्य प्रशस्त होता है किन्तु इसके विपरीत...? क्या देह से भी मन तक पहुँचा जा सकता है? मेरे लिए यह नितान्त हास्यास्पद था। मेरी मुखमुद्रा से उसे अपने कथन की निरर्थकता का अहसास हो गया था पर मैं क्या शायद वह ही अपने को समझा नहीं पाया था।

वक्त के साथ मैं इस घटना से पूरी तरह उबर चुकी थी पर शायद उसके लिए यह एक अहम हादसा था जिससे उसका तन-मन उद्वेलित और आलोड़ित था। उसकी मेल और फोन कॉल्स से यह जाहिर था जिसे मैंने इग्नोर करना ही बेहतर समझा। बाद में जब उसका अपराध के कन्फैशन जैसा एक मेल आया तो मुझे लगा कि उसे मेरे जवाब की बेहद जरूरत है। इसी से उसे राहत मिल सकेगी। मैंने यह किया भी पर मुझे हर बार यह लगता कि वह अपने अन्दर के बवंडर से उबर नहीं पाया है। अपने अन्दर के किसी त्रासद हाहाकार से वह लगातार जूझ रहा था। इसे लेकर मुझे भी थोड़ी परेशानी होने लगी थी। पहली बार किसी मित्रता को लेकर मैं सन्त्रस्त अनुभव कर रही थी।

वह मुझसे मिलना चाहता था। मैं इसकी वजह समझ रही थी। वह कामोत्तेजना को प्यार का जामा पहनाकर मुझसे रिश्ता बनाए रखना चाहता था। कभी मैं उस पर तरस खाती तो कभी खासी उलझन महसूस करती। हाँ, मैं उसे पसन्द करती थी। एक समझदार और बौद्धिक व्यक्ति के रूप में मैं उससे दोस्ती बनाए रखना चाहती थी। वह मुझे एक सुरक्षाबोध भी कराता था। पर प्यार जैसा कोई भाव मेरे अन्दर कतई नहीं था। न ही ऐसी कोई जरूरत मुझे महसूस होती। मैं मानती हूँ कि प्रेम एक जटिल सम्बन्ध है जबकि मित्रता एक सहज और सरल रिश्ता। प्रेम के साथ अपेक्षाएँ हैं और कहीं एक जकड़न भी, भले ही प्रेम की उन्मुक्तता का कितना दावा किया जाए कि वह एक-दूसरे को स्पेस देकर पंख फैलाने का अवसर देता है। किसी सीमा तक यह सच हो सकता है पर शायद उस गहरे भावनात्मक व रागात्मक बहाव में हम दूसरे पक्ष को अनदेखा कर देते हैं या उसकी कोई अहमियत नहीं देखना चाहते।

सच यह है कि मैं उससे दुबारा मिलने की कतई इच्छुक नहीं थी। मुझे लगता था कि दूसरी मुलाकात उसे किसी गहरे पसोपेश में डाल सकती थी। मेरी स्वच्छन्दता, सहजता, खुला व्यवहार उसे किसी गम्भीर गलतफहमी की गर्त में ढकेल सकता था।

बिना कहे वह दिल्ली चला आया। मैंने मुलाकात से बचना चाहा था पर उसके स्वर में झलकती हताशा और अवसाद मुझे बेचैन कर रहा था। मैं कुछ व्यस्त थी, कुछ थकी हुई भी पर दिल्ली में ऐसी दिनचर्या सामान्य है। मैंने उसे बुलाया पर पूरी सतर्कता के साथ, अपने आचरण और व्यवहार पर सख्त पाबन्दी रखते हुए। मुझे मालूम था कि उसकी ओर से कोई पहल सम्भव नहीं थी। और यही हुआ भी। वह दबा-दबा बैठा रहा और मेरी ओर बड़ी भेदती, बेचैन और उदास नजरों से देखता रहा। मैं उसकी भावनाओं को पूरी तरह नजरअन्दाज कर रही थी। शायद उसे लगा हो कि बियर के सुरूर के बाद मैं अपने को मुक्त करूँ। पर इस बार मैं पूरी सजग और सचेत थी।

चलते वक्त जब उसने बड़ी सहमी आवाज में चुम्बन की अनुमति माँगी तो अन्दर ही अन्दर मैं मुस्कराई पर मैंने उसे निराश नहीं किया।

पता नहीं कि वह निराश होकर लौटा था या दुखी। पर यह जरूर लगा कि वह पूरी तरह वापस हो चुका था।

उससे कहीं ज्यादा मैं राहत के अहसास से सराबोर थी।

[4]

आदमी को सबक सिखलाने के जिन्दगी के ढंग भी निराले हैं। कभी ये अत्यन्त प्रच्छन्न रूप से जीवन में आते हैं और जीवन पर अपनी गहरी छाप छोड़ जाते हैं। मनुष्य की चाहतों और उसके मूलभूत संस्कारों में कभी अजीब-सा अन्तर्विरोध होता है। चाहतें कभी हमें अनन्त क्षितिज तक उड़ने को प्रेरित करती हैं वहीं हमारे संस्कार हमें सतर्क और सावधान करते हुए हमारी गति को थाम लेते हैं। यही जीवन में द्वैत को जन्म देता है और हम कशमकश में डोलते हुए दुविधा और द्वन्द्व के घटाटोप में घिरे रहते हैं।

मुझे नहीं मालूम कि कनिका से मिलने के बाद ये बातें मेरे जेहन में क्यों आती रहती थीं। और उन्हीं दिनों सबसे ज्यादा मैं सलिला और कुछ हद तक निमिषा को याद करता रहता था। कुछ मायने में दोनों में कितनी असमानताएँ थीं। इसके बावजूद दोनों ने ही मुझे प्रेम का गहरा अहसास कराया था। उनके साथ रहे सम्बन्धों की मेरे अन्दर गहरी छाप थी। उनके साथ बिताये न जाने कितने लमहों की मधुर स्मृतियाँ मेरे अन्तरतम को आज भी झंकृत करती थीं। दोनों ही मेरे जीवन से काफी दूर जा चुकी थीं पर किसी न किसी रूप में आज भी मेरे अन्दर अपनी मौजूदगी का बड़ी शिद्दत से अहसास कराती थीं। अक्सर मैं उन्हें अपने पास महसूस करता था। दोनों को लेकर न मेरे अन्दर कोई कटुता थी और शायद उनमें भी मुझे लेकर कोई दुर्भाव नहीं था। कम से कम ऐसा मुझे कभी नहीं लगा था। आज भी खास मौकों पर शुभकामनाओं के सन्देशों का

विनिमय हमारे बीच होता था। मेरे जन्मदिन पर सलिला और निमिषा फोन करना नहीं भूलती थीं और न मैं खास दिनों या तीज-त्यौहारों को उन्हें विस्मृत करता था। हमारे बीच पूरा सौहार्द्र और सद्भाव था। सलिला तो शहर में ही थी इसलिए साल में दो-एक बार कहीं न कहीं उससे भेंट भी हो जाती। मिलने पर उसने कभी यह अहसास नहीं कराया कि उसके मन में मेरे प्रति कोई द्वेष है। निमिषा ने भी अपने दूसरे कविता-संग्रह की प्रति मुझे पूरे स्नेह और सम्मान के साथ भेजी थी और बड़ा आत्मीय पत्र भी लिखा था। हमारे बीच उस पर लम्बी चर्चा भी हुई थी क्योंकि अपनी नवीनतम रचनाओं पर वह मेरे विचार जानना चाहती थी।

पर कनिका के साथ ऐसा कुछ नहीं था। उसे याद कर न मुझे रागात्मक आभास होता और न ही किसी तरह की मीठी यादें मुझे उद्वेलित करतीं। मैं हैरान था कि सलिला जिसे प्रेम की चरमावस्था मानती थी, पर पहुँचकर भी मैं और कनिका कितने असम्पृक्त थे। प्रेम के उत्कर्ष को पाकर भी हम एक-दूसरे के लिए नितान्त अजनबी और गैर थे। हमारे बीच न कोई सम्पर्क था और न ही संवाद। हाँ, कुछ वक्त तक औपचारिकताएँ अवश्य बनी रहीं हालाँकि कनिका का ऐसी रस्मी बातों और दिखावटी व्यवहार से कोई नाता नहीं था और न ही वह इसमें यकीन करती थी।

शायद मुझसे कनिका को समझने में भूल हुई थी और या हमारे बीच के उम्र के लम्बे फासले ने हमारे अन्दर रिश्ते की भिन्न परिभाषाएँ गढ़ रखी थीं। पहली मुलाकात में मैं उसकी ओर आकर्षित ही नहीं हुआ था बल्कि उसके अन्दर अपने प्रेम का उत्स देख रहा था। मैं यह स्वीकार ही नहीं कर पाता कि हमारे बीच दैहिक संसर्ग अनायास या आकस्मिक था और कनिका इसके लिए कतई तैयार नहीं थी और या जो कुछ हुआ उसकी अनिच्छा से हुआ। जिस तरह का आत्मविश्वास उसके अन्दर झलकता था और अपने हर काम के प्रति वो जितनी आश्वस्त दीख पड़ती थी, उसमें यह सोचना कतई उचित नहीं था। वह साहसी और स्पष्ट सोचवाली आधुनिक लड़की थी जो अपने जीवन के फैसले पूरी दृढ़ता और आत्मविश्वास से ले सकती थी। हमारे बीच जो कुछ हुआ था, उसे लेकर उसे शायद कोई दुख अथवा क्षोभ नहीं था वरना वह मुझसे इतने सहज भाव से दोबारा मिलने को क्यों तैयार हो जाती।

बहरहाल कनिका जिस अनायास रूप से मेरे जीवन में आयी थी, उतनी ही आकस्मिकता से प्रस्थान कर गयी थी। उसकी कोई छाप मेरे अन्दर नहीं थी। मैं लगभग उसी अवस्था में था जैसे सलिला और निमिषा से दूर होने पर—अन्दर से बहुत रिक्त और रीता...।

हमारे विभाग में एक नयी प्रवक्ता की तैनाती हुई। इससे पहले नूपुर गोरखपुर के एक महाविद्यालय में अध्यापन कर चुकी थी जहाँ उसका पति सेवारत था। पति से अनबन के बाद वह अपने दस वर्षीय लड़के के साथ पिता के घर आकर रहने लगी थी।

बाद में हमें यह भी पता चला कि पति से सम्बन्ध-विच्छेद की कार्रवाई गोरखपुर के न्यायालय में विचाराधीन थी।

गेहुँआ रंग, लम्बा कद और आकर्षक व्यक्तित्ववाली नूपुर आत्मविश्वास से लबरेज दीखती थी। महाविद्यालय में नयी होने के कारण वह किसी से ज्यादा बात नहीं करती थी। समय से कॉलेज आना और तय वक्त पर वापसी। उसके चेहरे पर हमेशा गाम्भीर्य बना रहता। स्टाफ रूम में शायद ही उसे कभी खुलकर हँसते या खिलखिलाते देखा गया। कोई हँसी-मजाक की बात होती तो नीचे मुँह कर धीरे से मुस्करा भर देती। खाली वक्त में अक्सर उसे कुछ न कुछ पढ़ते देखा जाता था। हमारे विभाग के बाकी तीन प्राध्यापक दीन-दुनिया की बातों में रमे रहते पर नूपुर उनसे असम्पृक्त अपने अध्ययन की दुनिया में खोई रहती। किसी की निजी जिन्दगी की बातों में वह कभी दिलचस्पी प्रदर्शित नहीं करती। स्वाभाविक था कि उसकी जिन्दगी के बारे में हम लोग बहुत कम जानते थे। हालाँकि उसकी गम्भीरता और उदासीनता से मुझे ऐसा आभास होने लगा था कि अपनी जिन्दगी के हिस्से के गम वह अपने अन्दर दबाए हुए है।

कॉलेज के रेजिंग डे के सिलसिले में आयोजित सांस्कृतिक कार्यक्रम में मुझे उसके साथ रहने का अवसर मिला। इसी समारोह ने हमारे बीच संवाद सूत्र स्थापित हुआ। ऊपर से पूरी तरह अपने अन्तर में सिमटी नूपुर दरअसल बड़े खुले विचारों की थी। उसने अपने बारे में कुछ भी नहीं छिपाया और अपनी जिन्दगी, वैवाहिक जीवन आदि के बारे में सब बातें खुलकर बतलायीं। मुझे उसकी स्पष्टवादिता पर कुछ हैरानी भी थी क्योंकि हमारे बीच कोई मित्रता भाव नहीं था। पर जब वह बताने लगी तो रुकी नहीं हालाँकि मैंने उसकी निजी जिन्दगी के बारे में कुछ नहीं पूछा था। बाद में जब मैंने जानना चाहा कि उसने मुझे ये सब बातें क्यों बतलायीं तो उसने कहा था कि कॉलेज के सहयोगियों को अपने बारे में सही जानकारी देने के मकसद से ही उसने वे सारी बातें मुझसे शेयर की थीं। मैं केवल माध्यम मात्र था।

धीरे-धीरे हमारा संवाद बढ़ता गया और सम्बन्धों में आत्मीयता पैदा हो गयी। अब वह खुलकर मुझसे बातें करनी लगी हालाँकि हमारा संवाद कॉलेज तक ही सीमित था। जाहिरा तौर पर तो नहीं, पर हमारे बीच मित्रता पनपने लगी थी। हम दोनों ही इससे खुश थे। अपने बेटे के बर्थडे पर कॉलेज से उसने सिर्फ मुझे ही आमन्त्रित किया। मैं उसमें शामिल भी हुआ। मुझे यह थोड़ा अटपटा-सा लगा था। अपने मम्मी-पापा से उसने मेरा परिचय विभाग के एक वरिष्ठ सहयोगी—'कॉलेज में सिर्फ इन्हीं से मुझे बात करना अच्छा लगता है'—के रूप में कराया और अपनी तमाम व्यस्तताओं के बीच मेरी पूरी आवभगत की। इधर-उधर भागते-दौड़ते उसकी नजरें मेरा पीछा करती रहीं जिनमें स्निग्धता और अपनत्व था।

उस दिन लौटने पर पहली बार मैं देर तक उसके बारे में सोचता रहा। मित्र तो हम

बन ही चुके थे। आज पहली बार नूपुर मेरे दिल में दस्तक देती महसूस हुई। बार-बार उसका चेहरा मेरी नजरों में कौंध रहा था। उसकी आँखों की चमक मुझे कहीं उद्वेलित कर रही थी। मन में आया कि उसे फोन करूँ पर शिष्टता का जो आवरण हमारे बीच था, मुझे इसकी इजाजत नहीं दे रहा था।

तकरीबन ग्यारह बजे मेरा फोन बजा तो उसका नाम देखकर मैं हैरान रह गया। मुझे एक सिहरन-सी महसूस हुई। यह कैसा अदृश्य और अलक्षित संचार था? क्या इसी को टेलीपैथी कहा जाता है? क्या सचमुच मेरी भावनाएँ उस तक सम्प्रेषित हो रही थीं? नूपुर के अन्दर भी क्या उसी प्रकार का उद्वेलन था जैसा मेरे भीतर? हाँ, मुझे इस बात पर आश्चर्य था कि जिसे लेकर मैं सोचता ही रहा, उसने वह करने का साहस दिखलाया था।

कुछेक रिंग के बाद फोन कट गया।

'हलो...।' मैंने उसे फोन करने में देर नहीं की।

उधर सन्नाटा था।

'बोलो नूपुर। चुप क्यों हो?'

'सॉरी प्रमेश जी...।' उसने सहमी आवाज में कहा।

'सॉरी, किस बात के लिए?'

'मैंने इस वक्त डिस्टर्ब किया।'

'नॉट एट ऑल...। दरअसल मैं...।' मैंने खुद को रोक लिया।

'बोलिए...।'

'नहीं, पहले तुम कहो। फोन तो तुमने ही किया था।'

वह कुछ देर चुप रही और फिर धीमे स्वर में बोली, 'आज आप आए, इसके लिए मैनी थैंक्स। मुझे मालूम है कि आप बोर हो गये होंगे क्योंकि मेरे अलावा आप किसी को जानते नहीं थे। कोई आपको कम्पनी देनेवाला नहीं था। और मैं बहुत बिजी थी। आप को ठीक तरह अटैंड नहीं कर पाई।'

'अरे कैसी बात करती हो, नूपुर। आई एन्ज्वायड दि पार्टी थोरोली। मम्मी-पापा से मिलकर भी बहुत अच्छा लगा मुझे। और हाँ, मुझे अहसास था कि इतनी व्यस्तताओं के बीच भी आपकी नजर मेरे ऊपर थी।'

'क्या.. ?' उसकी आवाज में एक लहर थी। शायद उसके चेहरे पर मुस्कान उभर आयी थी।

उसने आगे कुछ नहीं कहा। मुझे लगा कि मुझे यह नहीं कहना चाहिए था। इससे वह असहज हुई होगी।

कुछ समय के लिए हमारे बीच मौन था।

'चुप क्यों हो?'

'ऐसे ही।' वह धीरे से हँसी थी, 'फोन मैंने किया तो क्या बोलूँगी भी मैं ही... ?'

'नहीं, ऐसा नहीं है। अच्छा पार्टी तो देर तक चली होगी?'

'हाँ। इस घर में तो बरसों बाद इतनी चहल-पहल हुई थी। शायद मेरी शादी के बाद ही इतने लोग जमा हुए थे। सब लोगों ने खूब एन्जॉय किया। पापा-मम्मी ने भी।'

'मेरे बारे में कुछ कह रहे थे वो?'

'नहीं, कुछ खास नहीं। पर यह जरूर पूछा कि विभाग से और किसी को क्यों नहीं बुलाया।'

'तो फिर तुमने क्या जवाब दिया?'

वह हँस दी और फिर धीरे से बाली, 'क्या सुनना चाहते हैं?'

'अपनी विशिष्टता का सबब जानना चाहता हूँ।' अपनी हँसी को दबाते हुए मैंने कहा।

'ओह, इस गलतफहमी की वजह... ?' उसने चहकते स्वर में पूछा।

'तुम्हारा इस वक्त फोन आना...।'

'अच्छा...।' शायद उसे अच्छा नहीं लगा था या सुनकर शर्मिन्दा महसूस कर रही थी वह।

'मजाक कर रहा हूँ यार।' मैंने बात सँभाली, 'इन फैक्ट मैं भी काफी देर से तुम्हें याद कर रहा था। बात करने का बहुत मन था पर फोन करने की हिम्मत नहीं पड़ रही थी। इसलिए तुम्हारा फोन देखकर...। यू कैन अंडरस्टैंड...।'

हम दोनों फिर खामोश थे और देर तक उसमें जकड़े रहे।

उस मौन में अजब-सी झंकार थी, बड़ी कोमल और स्निग्ध स्वरलहरी थी जो शायद दोनों ओर सम्प्रेषित हो रही थी।

मुझे लगा कि आज कुछ कहने का अच्छा अवसर है। मुझे अपनी चाहत का किसी न किसी रूप में इजहार कर देना चाहिए या कम-अज-कम दोस्ती का हाथ तो आगे बढ़ाना ही चाहिए। अपने अन्दर की सुगबुगाहट को उस तक सम्प्रेषित करने का आज सही मौका था। शायद वह भी इसकी प्रतीक्षा कर रही थी। पर ऐसा क्यों होता है कि भावनाओं को अभिव्यक्त करने में हम अपने से अधिक दूसरे पर भरोसा करते हैं या उसकी पहल का इन्तजार करते हैं।

यह संकोच है अथवा अहं का वर्चस्व..!

'फिर चुप हो... ?' मैंने बेवजह कहा हालाँकि खामोशी तो मैंने भी ओढ़ रखी थी।

'आप भी तो कुछ नहीं बोल रहे।'

'अच्छा मेरे सवाल का जवाब तो दो।'

'आप खुद कह रहे थे कि इस वक्त मेरा फोन करना ही सब कुछ समझने के लिए

काफी है।'

'मतलब..., साफ-साफ समझाओ न।' मैंने बच्चे जैसी नादानी दिखाई।

उसकी हँसी फूट पड़ी और वह देर तक हँसती रही।

मैं भी मुस्करा रहा था।

'यस, यू आर स्पेशल।' एकाएक उसने इठलाती आवाज में कहा, 'यह समझने के लिए आप बच्चे नहीं हैं।'

'कुछ बातें समझने से ज्यादा सुननी अच्छी लगती हैं । इससे मन में कोई शक शुबह नहीं रहता।'

'अब तो सुन लिया न।' पता नहीं वह झेंप रही थी या शरमा रही थी।

'थैंक्स नूपुर। आयम सो हैप्पी..।'

'सचमुच बच्चे हैं आप। जरा-सी बात से खुश हो जाते हैं।' कहकर वह जोर से खिलखिलायी।

'यह मामूली बात नहीं है, नुपूर।' मैंने हौले से कहा।

मेरे अन्दर गुदगुदी-सी हो रही थी। मन में आया कि अपने अन्दर की भावनाओं को उसके सामने उड़ेल दूँ। अपनी चाहत और आकर्षण को साफ शब्दों में जाहिर कर दूँ। अब कुछ समझने को बाकी नहीं बचा था। उसे मेरी पहल का जरूर इन्तजार होगा। पर पता नहीं क्यों मुझे लगा कि यह जल्दबाजी थी। मैंने सधे शब्दों में कहा, 'नूपुर, आई लाइक यू ए लॉट..। तुमसे मिलकर और बात करके अच्छा लगता है।'

मैं चुप होकर उसकी प्रतिक्रिया की प्रतीक्षा करने लगा। पर वह खामोश थी। पता नहीं वह कुछ और सुनना चाहती थी या कुछ कहना चाहती थी और या मेरी अनुभूति और संवेग के आवेग में डोल रही थी।

'हलो...।'

'हूँ...।' कहकर उसने एक लम्बी साँस ली। एक उद्वेलित चुप्पी के बाद उसने कहा, 'अच्छा अब रखती हूँ।'

उसने फोन काटा नहीं था।

'नूपुर..।' मैंने धीरे से कहा।

'आई लाइक यू टू...।' कहकर उसने फोन काट दिया था।

उल्लास और उत्तेजना की तरंगें मेरे अन्दर हिलोरें ले रही थीं।

मुझे लगा कि एक बार फिर मेरी जिन्दगी में प्यार लौट रहा है।

अगले दिन जब हम कॉलेज में मिले तो उसकी आखों में नये तरह की आभा थी जो मूक रहते हुए भी बहुत कुछ सम्प्रेषित कर रही थी। सहज रहने की कोशिश में वह असहज

दिख रही थी। जब-तब हमारी नजरें मिलतीं तो उसके चेहरे पर झीनी-सी मुस्कान तैर जाती। मैं उसकी आँखों की भाषा पढ़ने की कोशिश करता रहा। चोरी-छिपे उसे देखता और अपनी ओर उसकी निगाह देखकर आह्लादित भी होता और शर्मिन्दा भी। मन उससे बात करने को करता पर ऐसा कोई अवसर उसने मुझे नहीं दिया। मेरे सामने आने से कतरा रही थी वह। हालाँकि उसके चेहरे की मुस्कान काफी सस्वर थी।

घर आकर उससे बात करने की इच्छा मुझे बेचैन करती रही थी पर मैंने संयम का दामन थामे रखा। हाँ, उसके फोन का इन्तजार जरूर करता रहा पर निराशा हाथ लगी। अगले दिन जो रविवार था, को मेरा धैर्य जवाब दे गया। मेरी पहली घंटी पर ही वह दूसरी तरफ थी मानो फोन हाथ में लिये वह मेरी कॉल की ही प्रतीक्षा कर रही थी।

'हलो सर, आपको हमसे बात करने की फुर्सत मिल गयी ।' उसके स्वर में चहक थी, उल्लास और अपनत्व भरा शिकवा था।

'कैसी फुर्सत.. ? मुझे ऐसा कौन-सा बड़ा काम करना होता है।' मैंने सहजता से उत्तर दिया, 'और नूपुर, मैं मानता हूँ कि आदमी जो काम करना चाहता है, उसके लिए उसके पास वक्त की कोई किल्लत नहीं होती। सिर्फ टाइम मैनेजमेंट की बात है।'

'हाँ, मैं भी इसे स्वीकार करती हूँ।' उसने हौले से कहा और कुछ देर की खामोशी के बाद बोली, ' पर अपनी इस बात को हमेशा याद रखिये सर, वरना बहानेबाजी मानी जाएगी।'

वह धीरे से हँस दी थी।

'अच्छा मेरा हथियार मुझ पर ही चलाया जा रहा है। पर मुझे मंजूर है। हाँ, एक शर्त है मेरी...।'

'क्या.. ?' उसने चौंकते हुए पूछा।

'मुझे सर नहीं सुनना तुमसे। वैसे भी मैं तुम्हारा सर नहीं हूँ। कॉलेज में भी हम सहयोगी हैं।'

'पर आप इतने सीनियर हैं।'

'अच्छा, मेरी उम्र का अहसास कराना चाहती हो।'

'अरे नहीं सर,' वह चिहुँककर बोली, 'मेरी बात का गलत अर्थ न लगाएँ।'

'फिर दोस्ती में सीनियर-जूनियर कुछ नहीं होता। वी आर कलीग्स ओनली। और फिर सर तो तमाम मर्यादाओं, संस्कारों, उचित-अनुचित के बोध में दबे रहेंगे। तुमसे बात करते हुए सहज कैसे हो पाऊँगा मैं ?'

'फिर क्या कहूँ ?'

'अगर दोस्त मानती हो तो नाम लो।'

'बहुत मुश्किल काम है यह।'

'दोस्त मानना या नाम लेना ?'

वह खिलखिलाकर हँस दी। पहली बार उसकी हँसी की खनखनाहट को मैंने अपने अन्दर महसूस किया था। इसके पीछे छुपी चाहत की दस्तक मुझे साफ-साफ सुनाई पड़ रही थी।

मैं उसका जवाब जानता था पर अपने मन की बात को दूसरे के मुँह से सुनना एक अलग ही सुख है।

'कुछ जवाब नहीं मिला?'

वह कुछ देर चुप रही। कल कॉलेज में देखा लाज से सुर्ख चेहरा मेरी आँखों में घूमता रहा।

'आप मुझे दोस्त मानते हैं?' उसने धीरे से पूछा।

'अफकोर्स यार। तभी इस वक्त बात करने की हिम्मत पड़ी।'

'थैंक्स सर..।'

'फिर सर... ?'

'डाँटिए मत। मुझे थोड़ा वक्त दीजिए।' उसके स्वर में अधिकार भाव था।

'दिया, चौबीस घंटे।'

'क्या, चौबीस घंटे ... !' अचरज और चहक भरे स्वर में वह बोली, 'इतना वक्त तो मुझे दूसरी साँस लेने और यह आत्मसात करने में लगेगा कि हम दोस्त हैं।'

'दोस्ती को लेकर इतनी जद्दोजहद तो फिर...।' मैंने अपने को रोक लिया।

'फिर क्या.. ?' उसने चौंकते हुए पूछा।

'कुछ नहीं, अभी छोड़ो..।' कहकर मैं जोर से हँस दिया तो वह भी इसमें शामिल हो गयी।

सर से प्रमेश बनने में खासा अर्सा बीत गया हालाँकि मेरे बार-बार आग्रह के बावजूद वह मुझे तुम कहकर सम्बोधित करने से कतराती रही। वह पूरी आत्मीयता से बात करती पर आप कहकर कहीं एक सम्मानजनक दूरी भी बनाए रखती। मैं आप से तुम की दूरी को पाटना चाहता था और जब इस बारे में जोर देता तो वह या तो हँसकर बात टाल देती अथवा कहती, 'इतना आसान नहीं है यह जितना आप समझते हैं। इससे रिश्ते का आयाम और स्वरूप ही बदल जाता है।'

'मैं समझा नहीं।' पहली बार लगा कि एक सम्बोधन से रिश्ता कैसे बदल सकता है।

'इतने नासमझ तो नहीं लगते आप।' उसने हँसकर कहा, 'रिश्तों के स्वरूप का निर्धारण तो शब्दों से ही होता है। इसीलिए शब्दों की सत्ता इतनी प्रभावी है।'

'इतनी गोलमोल, भारी-भरकम बातें समझ में नहीं आतीं यार।'

'प्रमेश, मेरा आशय है कि मित्रता में एक सम्मानजनक दूरी होती है और होनी भी चाहिए। यही मित्रता का प्राण तत्व है।' उसने पूरी संजीदगी से कहा।

मैं उसके कथन पर गम्भीरता से सोचता रहा। उसकी बात का निहितार्थ समझने की कोशिश करता रहा। मुझे उसकी बात सार्थक और महत्त्वपूर्ण लगी। हाँ, मुझे थोड़ी निराशा हुई थी पर मैंने इस बात को फिलवक्त आगे नहीं बढ़ाया।

यह रिश्ते का एक दूसरा रूप था जिससे मैं रू-ब-रू हो रहा था—कनिका से एकदम उलट। कनिका पर इक्कीसवीं सदी के मूल्यों और सोच की स्पष्ट छाप थी। रिश्तों के जिस संक्रमण के दौर से हम गुजर रहे हैं, उससे मिलकर पूरी शिद्दत से समझ आता था। अपना जीवन अपनी शर्तों पर जीने की एक अदम्य चाह थी उसमें और उसके लिए कैसा भी समझौता कर सकती थी। वहीं नूपुर की आधुनिकता पर परम्परा और भारतीय मूल्यों का गहरा प्रभाव नजर आता था। वह हर कदम सोच-समझकर लेनेवाली स्त्री थी। उसका अन्तरंग संस्कारों और वर्जनाओं से आच्छादित प्रतीत होता था। जाहिर था कि उस मजबूत पर्त को भेदना इतना आसान नहीं था। इस नाते नूपुर मेरे लिए एक चुनौती थी।

मुझे लगा कि इस रिश्ते को वक्त की दरकार है। मुझे धैर्य का दामन पूरी मजबूती और शिद्दत से थामना होगा। शायद इसके लिए किसी कठिन परीक्षा से भी गुजरना होगा।

क्या प्रेम सचमुच एक चुनौती है जिससे गुजरना भावनाओं से इतर एक दिमागी करतब बन जाता है? यह एक नया और दिलचस्प अहसास था।

यह एक रोमांचक प्रक्रिया थी जिसकी अनुभूति बेहद उत्तेजनापूर्ण और आह्लादकारी थी। हम एक-दूसरे के करीब आ रहे थे। कॉलेज में तो हम दूरी और संवादहीनता बनाए रखते थे और कुछ औपचारिक बातों के अलावा प्रायः कटे-कटे से रहते, पर घर से लगभग रोज ही हम देर तक बातें करते। धीर-धीरे बातों का क्रम और अवधि बढ़ती गयी। आधा-पौन घंटा कब गुजर जाता, पता ही नहीं चलता। अध्ययन, अध्यापन, कॉलेज, समाज, शहर, टीवी सीरियल, फिल्में, संगीत से गुजरती बातें कब नितान्त वैयक्तिक हो गयीं, हमें आभास ही नहीं हुआ। जाहिर था कि हम मित्रता की सीमा का अतिक्रमण कर आगे बढ़ रहे थे। मैं इससे प्रसन्न था। अलबत्ता मुझे यह नहीं पता था कि नूपुर इसे किस रूप में ले रही है। इतना तो स्पष्ट था कि वह मुझसे बात करना पसन्द करती है पर उस पसन्दगी का वास्तव में क्या रूप है, मेरी समझ से परे था। मैं भी साफ-साफ कहने से बचना चाहता था और इस उम्मीद में था कि देर-सवेर वह स्वीकार करेगी कि हमारा रिश्ता महज दोस्ती नहीं।

'नूपुर,' एक दिन मैंने खुलकर बात करने का मन बना लिया था, 'तुम्हें नहीं लगता कि हमारा रिश्ता महज दोस्ती नहीं है?'

'अच्छा...।' वह हँसी, 'और फिर क्या है?'

'एक बार तुमने मुझसे कहा था न कि इतना समझने के लिए आप नासमझ नहीं हैं। आज वही बात मैं दोहरा रहा हूँ। क्या तुम वाकई में यह नहीं समझती हो या...?' उसकी हँसी को नजरअन्दाज कर मैंने पूरी गम्भीरता से कहा।

'ओह प्रमेश, समझने और फील करने में फर्क होता है।' उसने संजीदगी से उत्तर दिया, 'जिस नाजुक रिश्ते को समझने की जरूरत पड़े उसका कोई अर्थ नहीं है। दोस्ती या प्यार आपके अन्दर खुद दस्तक देता है। उसकी आहट आपको इतना उत्तेजित और उद्वेलित करती है कि उसमें समझने को कुछ नहीं रह जाता।'

'इसका मतलब कि हमारे बीच बन रहे रिश्ते की कोई अनगूँज तुम्हारे अन्दर नहीं है। तुम्हें कतई अहसास नहीं है कि हम एक-दूसरे को चाहने लगे हैं। हम दोनों के बीच इतनी निकटता के पीछे एक गहरा भावनात्मक लगाव है।'

'ऐसा कैसे सम्भव है?' उसने तपाक से कहा।

'मतलब...?' मैंने परेशान होकर पूछा।

'प्रमेश,' उसने बात सँभाली, 'मैंने कहा न कि इसे समझने की जरूरत ही नहीं पड़नी चाहिए। प्रेम का प्रभाव तो इतना गहरा और व्यापक है कि हमारी समस्त इन्द्रियाँ खुद उससे प्रेरित और संचालित होने लगती हैं। एक गहरा उद्वेलन हमें बेचैन किये रहता है। आप खुद इस अहसास से पहले गुजर चुके हैं, इसलिए...।'

'फिर क्या मैं यह समझूँ कि तुम इस सम्बन्ध के बारे में वैसा फील नहीं करतीं जैसा मैं...।' मैंने उसकी बात काटते हुए कहा, 'यह रोज-रोज की लम्बी बातें, उसे लेकर इन्तजार, उत्साह और उत्तेजना...। यह सब इतना सामान्य और सहज है क्या?'

नूपुर ने कोई जवाब नहीं दिया और देर तक खामोश रही।

'चुप क्यों हो?'

'प्रमेश, अपने अन्दर इसका उत्तर तलाशने के लिए मुझे कुछ वक्त तो दीजिए। पर हाँ, यह मैं जरूर आपसे जानना चाहती हूँ कि जिस रिश्ते की बात आप कर रहे हैं वो हमारे बीच मुमकिन है क्या। आपके जीवन में सब कुछ है। आप सब तरह से सुखी और सम्पन्न दिखलाई देते हैं। पर मैं अन्दर से पूरी तरह खाली हूँ। मैंने अपने बारे में आपको सब कुछ बतला दिया है। शायद इसी से आप यह सोचते होगे कि मुझे किसी साथी की जरूरत है। यह सच भी है। मनुष्य की यह एक नैसर्गिक आवश्यकता है। मुझे भावनात्मक संरक्षण और सुरक्षा की जरूरत है। पर आपको...?'

'मुझे भी है।'

'पर क्यों...?' उसने तेजी से कहा, 'मेरे लिए यह जानना बहुत जरूरी है।'

'नूपुर, आदमी अपनी जरूरतों को खुद भी कितना जान पाता है जो इसके बारे में ठीक तरह बतला सके। न ही आदमी अपनी चाहतों और भावनाओं पर कसकर लगाम

कसने की स्थिति में होता है। इसके बहाव से कौन बच पाया है, नूपुर। पर हाँ, मुझे तुममें एक सौम्य और समझदार साथी नजर आता है। इसीलिए मैं तुम्हारी तरफ खिंचा आ रहा हूँ।'

'खिंचाव होना एक अलग चीज है।' उसने बड़े सपाट और रूखे स्वर में कहा जिससे उसकी खीझ का आभास होता था, 'हम अनजान और बेगाने लोगों के प्रति भी आकृष्ट हो जाते हैं। पर आप मानेंगे कि यह वो रिश्ता नहीं होता जिसकी बात आप कर रहे हैं। इसीलिए मैं अपने सम्बन्ध को दोस्ती की हद में रखना चाहती हूँ।'

उस दिन बात मैंने आगे नहीं बढ़ाई। मैं जानता था कि खिंचाव की बात कहकर मैंने अपने तर्क और भावनाओं को कमजोर कर दिया था। सच तो यह था कि मैं सचमुच नूपुर को चाहने लगा था। उसे लेकर मैं अपने अन्दर एक विचित्र-सा उद्वेलन महसूस करता था। हर पल उसका चेहरा मेरी आँखों के सामने घूमता रहता। एक अरसे बाद ऐसा वक्त आया था जब सलिला या निमिषा की याद मुझे त्रस्त नहीं कर रही थी। एक बार फिर मैं अपने अन्दर भरा-भरा महसूस करने लगा था।

मुझे लगा कि इस संवेदनशील विषय पर फोन पर बात करना ठीक नहीं था। मैंने उसे कहीं बाहर मिलने का प्रस्ताव दिया पर वह इसके लिए राजी नहीं हुई।

'हमारी दोस्ती फोन से है और वहीं तक सीमित रहे तो शायद बेहतर है।' उसने बड़ी शुष्कता से कहा।

'ऐसा क्यों सोचती हो ?' मैंने झल्लाकर पूछा।

'मैं वजह बतला चुकी हूँ।'

'तुम्हें लगता है कि हम सिर्फ दोस्त ही हैं ?'

'दोस्ती से अच्छा रिश्ता तो कोई नहीं है। और हाँ, मेरे सोचने से कुछ नहीं होता, प्रमेश। दोस्ती से आगे बढ़ने के लिए क्या हम और या साफ कहूँ तो क्या आप तैयार हैं। आप बुरा न मानें प्रमेश, पर सच यह है कि मैं खिंचाववाले रिश्ते में नहीं बँध सकती। जिस रिश्ते की ओर आप इशारा करते हैं, उसमें समर्पण और प्रतिबद्धता पहली शर्त है। उसके बिना कैसा प्यार...। मैं तो इसकी कल्पना भी नहीं कर सकती। शायद मेरी सोच आधुनिकता की कसौटी पर खरी न उतरे। लेकिन अगर मैं ऐसा नहीं सोचती तो पति से अलगाव की नौबत ही क्यों आती। उसमें इसी प्रतिबद्धता की कमी थी जिसकी वजह से हमारे बीच दूरियाँ बढ़ती गयीं और हम अलग हो गये।'

मैंने एक झुरझुरी-सी महसूस की। नूपुर की सोच मुझे कहीं परेशान कर रही थी। प्रेमसम्बन्ध के पारंपरिक और सांस्कारिक रूप से मैं परिचित हो रहा था जिसके बारे में क्या कुछ नहीं लिखा गया। मैं जानता था कि हर शख्स ऐसे ही प्यार को तलाशता है पर क्या इस शर्त के साथ प्यार की शुरुआत मुमकिन है ? यह एक आन्तरिक भावना थी और इसके लिए शब्दों का जामा पहनाना जरूरी नहीं था। शायद अपने रिश्ते में मैं सलिला

और निमिषा के प्रति भी प्रतिबद्ध था पर उन्होंने कभी इस बारे में कोई बात नहीं की थी और न ही मेरी संवेदनाओं को प्रश्नांकित किया था।

'सॉरी प्रमेश। मैं शायद कुछ ज्यादा ही बोल रही हूँ। पर आपकी चुप्पी... ?'

'तुम्हें सुन रहा हूँ। हाँ बोलो...।'

'नहीं काफी बोल ली। अब आप कहिए। आपसे कुछ सुनना चाहती हूँ मैं।'

'देखो नूपुर, तुम्हारी बात से असहमत तो हुआ ही नहीं जा सकता। मित्रता में भी प्रतिबद्धता जरूरी है और फिर प्रेम की नींव तो इसी पर टिकी है। पर मुझे दो बातें कहनी हैं। पहली तो यह कि सिर्फ कहने भर से इस तरह का अगाध और अनन्य प्रेम सम्भव नहीं है। जैसे-जैसे हम इस रास्ते पर आगे बढ़ते हैं, दो लोगों के बीच यह भाव स्वतः पैदा होता चला जाता है। दूसरा व्यक्ति उसे खुद महसूस करने लगता है। यह जरूरी भी है वरना वह रिश्ता उथली भावनाओं के दलदल में फंसा रहेगा। दूसरी बात यह कि हमें जीवन के यथार्थ को भी समझना जरूरी है जो अक्सर पेचीदा और खुरदरा होता है। परिवार, समाज, उसके मूल्यों और मापदंडों की पूरी तरह अनदेखी तो नहीं की जा सकती। उनके प्रति हमारे कुछ अहम दायित्व और कर्तव्य हैं। उनसे तालमेल बिठाना निहायत जरूरी है।'

'प्रमेश, जब आप यह जानते हैं तो फिर ऐसे रिश्ते में बँधने की बात क्यों करते हैं?'

'यह महज बात की बात नहीं है, नूपुर। यह आदमी की अन्दरूनी जरूरत है जिसके बिना आदमी अधूरा अनुभव करता है। मैं भी तुम्हें लेकर ऐसा ही महसूस करने लगा हूँ।'

'सच्चाई को जानते, समझते हुए भी... ?'

'हाँ, यह सच है कि मैं विवाहित हूँ, मेरी पत्नी और बच्चे हैं जो मुझे पूरा मान और स्नेह देते हैं। मैं भी उन्हें बहुत प्यार करता हूँ और अपने सारे फर्जों को पूरी ईमानदारी से निभाना चाहता हूँ। शायद ऐसा कोई काम मैं नहीं करना चाहूँगा जिससे उन्हें कोई तकलीफ हो।' मैंने पूरी साफगोई और साहस के साथ कहा।

'सुनकर मुझे अच्छा लगा। आपकी पत्नी और बच्चे बड़े भाग्यशाली हैं। आपकी साफगोई की मुरीद हूँ कि आपने परिवार के प्रति अपने प्रेम और जिम्मेवारी को इतने स्पष्ट तौर पर स्वीकार किया है। अक्सर तो यह होता है कि लोग जानबूझ कर अपने को इतना दयनीय दिखलाने की कोशिश करते हैं कि लगता है कि प्यार के बिना वह पूरी तरह टूट जाएँगे, उनके जीवन के लिए वह प्यार बेहद जरूरी है। सहानुभूति बटोरने के लिए वह क्या कुछ नहीं करते।'

वह कुछ देर के लिए चुप हो गयी। मुझे लगा कि वह कुछ और भी कहना चाहती थी। कुछ देर के इन्तजार के बाद मैंने पूछा, 'शायद कुछ और कहना चाहती हो... ?'

'हाँ प्रमेश, जब आपका जीवन इतना खुशहाल है तो फिर मेरी क्या जरूरत है आपको। इस तरह का नया रिश्ता आपके कर्तव्य में बाधक नहीं होगा ? क्या आप अपनी पत्नी और परिवार के प्रति अन्याय नहीं करेंगे ?'

नूपुर के प्रश्न का जवाब देने में मैं उलझन–सी महसूस करने लगा। ऐसी दुविधाजनक स्थिति से मैं कभी नहीं गुजरा था। आखिर नूपुर चाहती क्या थी और प्रेम को लेकर उसकी क्या और कैसी अपेक्षाएँ थीं। मुझे लगा कि शायद मैं गलत रास्ते पर चल रहा हूँ क्योंकि इतना तो मेरे मन में साफ था कि परिवार को लेकर मैं किसी भी दशा में समझौता करने की स्थिति में नहीं था।

'आप चुप क्यों हैं, प्रमेश ? जब आप प्रेम की बात करते हैं तो ऐसे जटिल प्रश्नों से तो जूझना ही होगा वरना हमारा सम्बन्ध प्रेम नहीं, देह के निमित्त भर होगा। उससे मन का नहीं मात्र देह का समाधान होगा। और मैं इसे कतई स्वीकार नहीं कर सकती।' उसने पूरी दृढ़ता से कहा।

'नूपुर, मुझे लगता है कि तुम गलत ढंग से सोच रही हो या मुझे गलत समझ रही हो।'

'हो सकता है कि मेरी सोच पुरानी और दकियानूसी हो। पर मेरे अन्दर का सच यही है। मैं अपनी अन्तरात्मा को धोखा नहीं दे सकती। न मैं किसी के सुखी जीवन में हस्तक्षेप करके पाप की भागीदार बनना चाहती हूँ। और न ही बिना पूरे कमिटमेंट के किसी से प्यार कर सकती हूँ।' कुछ पलों की चुप्पी के बाद उसने कहा, 'फिर भी सही क्या है आप ही समझा दीजिए।'

'मैं तुम्हारी बात से पूरी तरह सहमत हूँ। मैं कोई इक्कीसवीं सदी का युवक नहीं हूँ। तुमसे उम्र में कम से कम बीस साल बड़ा हूँ। मैं भी मानता हूँ कि देह का संसर्ग भी तभी सुख देता है जब मन मिला हो। हाँ, प्रेम में दैहिक आकर्षण की अपनी भूमिका है। पर प्यार में मन को जीतना पहली और जरूरी शर्त है। तुम्हें विभाग में आए कितना वक्त गुजर गया। इतने दिनों से हम लोग बातें कर रहे हैं। मुझे तुमसे बातें करना अच्छा लगता था पर जैसे–जैसे तुम्हें जाना, मेरे अन्दर प्यार उमड़ता चला गया। इससे ज्यादा मैं और कुछ नहीं कह सकता।'

नूपुर ने एक लम्बी साँस ली और खामोश हो गयी।

उसका मौन प्यार की स्वीकृति थी या उसकी उपेक्षा ?

मैं असमंजस की स्थिति में था। मैं जानता था कि उसके सवालों का सटीक और सन्तोषप्रद उत्तर मैं नहीं दे पाया था। शायद मेरे पास कोई सही जवाब था भी नहीं।

'नूपुर, कुछ बोलो न ?'

'क्या कहूँ मैं ? आपकी बातें सुनकर आप पर यकीन करने का मन करता है। मुझे लेकर जैसा आप फील कर रहे हैं, कहीं मैं भी उसी मन:स्थिति में हूँ। पर हाँ, यह द्वन्द्व

जरूर है कि ऐसे रिश्ते का आखिर भविष्य क्या है।'

'तुम्हारे सवाल का कोई जवाब मेरे पास नहीं है पर इतना जरूर सोचता हूँ कि भविष्य के बारे में हर पल सोचकर वर्तमान को नष्ट या त्रस्त नहीं किया जा सकता। भविष्य तो हमेशा ही अन्धकार में रहता है। मेरी बात को अन्यथा मत लेना पर जब तुमने विवाह किया था तब एक सुखद भविष्य का सपना ही सँजोया होगा जिसका पूरा साजो-सामान था उस रिश्ते के साथ, सभी सम्भावनाएँ थीं। पर हुआ क्या? तुम्हारा कोई भी सपना पूरा हो पाया? क्या तुम्हें वह कुछ भी मिल सका जिसके बारे में तुमने सोचा था? नहीं न? फिर जीवन में अगर प्रेम की अनुभूति हुई है तो उसके भविष्य को लेकर इतना पसोपेश और द्वन्द्व क्यों? सच नूपुर, मेरी तो यही सोच है। मैं ये सब इसलिए कह रहा हूँ क्योंकि मुझे तुम्हारी भावनाओं का अहसास है।'

'आपकी किसी बात को काटने या उसे नकारने का मन नहीं करता प्रमेश। पर मन भी बहुत विचलित है। तरह-तरह की आशंकाएँ मन को जकड़े हुई हैं।'

'यह अस्वाभाविक नहीं है, नूपुर। परिवार है, समाज है, तुम्हारा एक बेटा है। हम इस सच की अनदेखी नहीं कर सकते।'

'फिर सब कुछ जानते-समझते हुए गलत रास्ते पर चलना... ?'

'किसी से प्रेम करना गलत है क्या?'

'मुझे बहुत डर लगता है प्रमेश। मैं मानती हूँ कि जीवन में पहली बार मैं एक नयी अनुभूति से सराबोर हो रही हूँ। आपके होने का अहसास लगातार मुझे दस्तक देता है। पर आपके जीवन में मेरा क्या स्थान होगा? हमारे रिश्ते को क्या नाम दिया जा सकेगा? आखिर जब हम किसी को अपने जीवन में शामिल करते हैं तो उसके लिए एक स्पेस तो बनाना ही पड़ताा है। क्या आपके जीवन में उस स्पेस की कोई गुंजायश है?'

'जरूर है। बिना स्पेस बनाए प्यार का कोई अहसास हो ही नहीं सकता। न खुद को और न ही साथी को। पर...।'

'पर क्या?'

'नूपुर, पर यह भी कड़वा सच है कि ऐसे रिश्ते को समाज मान्यता नहीं देता बल्कि नैतिकता की तराजू पर उसका तिरस्कार और अपमान करता है।'

'इसके बावजूद... ?'

'हाँ, कुछ चीजों पर मनुष्य का अख्तियार नहीं होता।'

काफी देर तक वह शान्त रही। पता नहीं उसके अन्दर क्या चल रहा था, कैसे ऊहापोह में वह झूल रही थी।

'हाँ प्रमेश, आदमी अपने अन्तर से कहाँ जीत पाता है। पिछले कई दिनों से मैं भी ऐसा ही अनुभव करती रही हूँ और अपने से लड़ती रही हूँ। पर शायद अब...।' उसने एक गहरी साँस ली और फिर कहा, 'प्रमेश, इतना तो आप समझते ही हो कि मैं जिस

रिश्ते में बँधूँगी उससे समर्पण और प्रतिबद्धता की उम्मीद जरूर करूँगी।'

'बिना इसके किसी रिश्ते का निभाव भला कैसे हो सकता है। पर इतना तो मानोगी कि हमें अपने परिवार की अनदेखी नहीं करनी। यह रिश्ता किसी भी दशा में हमारे दायित्व में बाधक नहीं होना चाहिए। प्रेम-सम्बन्ध इसीलिए आदमी को एक चुनौती पेश करता है। एक को तोड़कर दूसरा घरौंदा बनाना आसान है पर अपने आशियाने को महफूज रखकर दूसरे को भी स्पेस देना एक गम्भीर चुनौती है।'

'हाँ, मैं मानती हूँ। आपकी बातों और सोच ने मुझे नयी राह तो दिखलायी है पर कहीं कशमकश में भी डाल दिया है। समझ में नहीं आता कि क्या करूँ।'

'जो मन में आये वही करो।'

'मन...!' वह धीरे से हँसी थी, 'मन से ही तो हार गयी हूँ।'

'ओह नूपुर, तुमने मेरे मन का बोझ कितना हल्का कर दिया है। आई लव यू सो मच।'

अन्दर तक महसूस हुए राहत के अहसास से ये शब्द स्वतः मुँह से फूट पड़े। मैं उससे भी कुछ सुनने के लिए बेताब था पर वह चुप थी। एक लम्बी, घनी खामोशी हमारे बीच रुकी हुई थी। मुझे लगा शायद मैं कुछ जल्दबाजी कर रहा हूँ।

'हलो...।'

'हूँ...।'

'इतनी चुप... ?'

'कुछ सुनने के लिए अगर कान बरसों तड़पे हों तो उन शब्दों को जज्ब होने में वक्त तो लगता है न। प्रमेश, मेरी जिन्दगी में सब कुछ रहा है पर इसी की कमी का दंश रात-दिन सालता रहा है मुझे। इसे लेकर मुझे भगवान से बहुत शिकायत भी है। आखिर यह अभाव मेरे हिस्से में क्यों आया? क्या अपराध है मेरा? जीवन में मैंने कभी कोई गलत काम नहीं किया, किसी का दिल नहीं दुखाया। जहाँ तक बन सका सबकी मदद की है। जिस आदमी से मेरे माता-पिता ने मेरा विवाह किया, उसके प्रति भी पूरी निष्ठावान रही। अपने सभी कर्तव्यों को बखूबी निभाया। आखिरी दिन तक यही कोशिश रही कि सब कुछ ठीक हो जाए। एक साल अलग रहकर उसे एक बार फिर मौका दिया। पर उसने यह मेरी कमजोरी या मजबूरी समझा। उसकी उपेक्षा, तिरस्कार और अपमान में इजाफा हो गया और मेरे पास उससे अलग होने के अलावा और कोई विकल्प ही नहीं रह गया। खुलकर तो नहीं, पर मेरे मम्मी-पापा इसमें भी मेरा ही कोई दोष देखते हैं।'

उसका स्वर काँपने लगा था। शायद उसकी आँखों से बह रहे आँसुओं ने उसमें तरलता पैदा कर दी थी।

मुझे समझ ही नहीं आया कि मैं किन शब्दों में उसे सांत्वना दूँ। पर कुछ कहना

जरूरी लगा मुझे, 'नूपुर, अपने बारे में इतना गलत सोचने से दुख ही होता है। उससे जीवन कहाँ चल पाता है। मुझे मालूम है कि तुम अन्दर से बहुत मजबूत हो। उसी दृढ़ता के साथ आगे का जीवन जियो। अपने को कमजोर मानकर या लोगों की निगाह में दयनीय बनकर तुम्हें सिर्फ कष्ट और पीड़ा ही होगी।'

'मैं कमजोर नहीं होना चाहती और न हूँ। पर आज तुमने मेरे अन्तर्मन को छुआ तो मेरे अन्दर दबा दर्द छलक आया। आज पहली बार मैंने अपने अन्दर की पीड़ा को किसी से शेयर किया है। सच तो यह है कि मैं तुमसे भी इस बारे में बात नहीं करना चाहती थी पर...।'

'आप' से 'तुम' बनने का सफर इतना आकस्मिक था कि शायद इसका उसे कोई आभास नहीं हुआ। मुझे अच्छा लगा था पर मैंने टोकना जरूरी नहीं समझा।

'सुनकर मुझे अच्छा लग रहा है। मित्रता और प्रेम में यही तो है। हम अपना दुख-सुख बाँट सकते हैं।'

'हाँ प्रमेश, मुझे सचमुच एक साथी की जरूरत है जो मुझे समझे और मेरी भावनाओं को साझा करे। कॉलेज ज्वायन करने के कुछ ही दिनों बाद मुझे तुममें एक दोस्त नजर आया था। तुम सबसे अलग दिखलाई पड़े थे। तुम्हारी नजरों की सहृदयता, लगाव और चाहत को मैं पढ़ पा रही थी। इसीलिए सनी की बर्थडे में सिर्फ तुम्हें बुलाया था।'

'अच्छा...।' मैंने हँसकर कहा।

'तुम क्या सचमुच इतने स्टुपिड हो।' वह हँस दी थी, 'लगते तो नहीं। समझने में कितना वक्त लगा दिया तुमने।'

'और तुम इक्कीसवीं सदी की लड़की होकर भी मेरी पहल का इन्तजार करती रहीं।' मैं जोर से खिलखिलाया था।

'हँसो मत। इक्कीसवीं सदी की लड़की अभी इतनी निर्लज्ज नहीं हुई है।'

'प्यार का इजहार करना अगर निर्लज्जता है तब तो तुम्हारी निगाह में मैं बेशर्म हुआ।'

'बेकार की बातें मत करो। पुरुष हो तो पहल तुम्हें करनी ही चाहिए थी। फिर साथ न निभाऊँ तब मुझे दोष देना।'

'ओके मैडम, नोटेड फॉर फ्यूचर...।'

'सुनकर अच्छा लगा। भविष्य में भी मेरी हिदायतों का इसी अन्दाज में पालन करना।' वह जोर से हँसी, 'अच्छा अब रखती हूँ। आज के लिए इतनी डोज काफी है।'

हम दोनों एक साथ देर तक हँसते रहे। न उसने फोन रखा और न मैंने ही फोन काटा।

'प्रमेश,' उसने हँसी को थामते हुए कहा, 'इतने सालों बाद आज मैं खुलकर हँसी

हूँ। कितना हल्का और उन्मुक्त फील कर रही हूँ। और इसका पूरा श्रेय तुम्हें जाता है। यू आर रियली वंडरफुल, आई लव यू सो मच...।'

उसने फोन इस तरह काटा मानो किसी तपती वस्तु को छू दिया हो।

दोस्ती की राह पर चलकर प्यार के इस पायदान पर पहुँचना कितना सुखद और तृप्तिकारी होता है—जीवन में एक अहम उपलब्धि से कमतर नहीं। सलिला के साथ भी मैं इस अनुभव से गुजर चुका था। निमिषा से रिश्ता इस माने में कुछ भिन्न था। उसकी शुरुआत आकर्षण से हुई थी जिसकी परिणति उत्कट प्रेम में हुई। और कनिका ने दैहिक सम्बन्ध के बावजूद प्यार तो दूर कभी मित्रता का अहसास भी नहीं कराया। उसकी निस्पृहता और अलगावभरा रुख मुझे कभी समझ नहीं आया और अक्सर मुझे कचोटता रहा। शायद इसीलिए उससे दूर होना मेरे लिए एक बड़ी राहत थी।

सलिला और निमिषा की मुझसे पृथक एक दुनिया थी जिसमें उनके पति और बच्चे थे। उनके प्रति उनके अन्दर एक गहरा कर्तव्यबोध था जिसे लेकर वे दोनों ही बेहद सचेत थीं। उनके हर कदम में सतर्कता और सजगता थी जिससे उनका दाम्पत्य और पारिवारिक जीवन किसी प्रकार आहत न हो। हर पल वे इस बात का अहसास कराती थीं कि पति और परिवार की प्रतिष्ठा को दाँव पर लगाकर वह कुछ भी नहीं करेंगी।

यह नजरिया मेरे लिए भी एकदम ठीक था। मैं भी ऐसा कोई कदम उठाने का जोखिम नहीं उठा सकता था जिसका मेरे परिवार पर कोई प्रतिकूल प्रभाव पड़े। इस बारे में मेरी सोच एकदम साफ थी। निमिषा से तो नहीं, पर सलिला से इस विषय पर कई बार बात होती थी और वह मेरी सोच का पूरा समर्थन करती थी।

नूपुर के साथ स्थितियाँ कुछ अलग थीं। एक तो उसके जीवन में पति से अलग होने के बाद एक रिक्ति थी। न तो उसका किसी दूसरे पुरुष से सम्बन्ध था और न ही उसकी किसी अन्य व्यक्ति के प्रति कोई प्रतिबद्धता थी। दूसरे हम दोनों एक शहर, एक कॉलेज और एक विभाग में थे जिसके नाते हमारी रोजमर्रा की मुलाकात लाजमी थी। कुछ न बोलने पर भी हमारे बीच इतना गहरा और आत्मीय निःशब्द संवाद था जो हमें अन्दर तक उद्वेलित और उत्तेजित किये रखता। बहुत जल्दी ही नूपुर की आँखों में मैं अपने लिए प्यार, निष्ठा, समर्पण और जरूरत को महसूस कर सकता था। उसे एक साथी की तलाश थी जिसे वह मुझमें खोजने लगी थी और बहुत कम वक्त में ही इसे लेकर वह बेहद पैशनेट और पजैसिव हो गयी थी। सुबह उठते ही वह मेरी आवाज सुनना चाहती थी और रात में सोने से पहले एक आवेगपूर्ण गुडनाइट किस। इसके लिए वह किसी कारण या बहाने को सुनने को तैयार नहीं थी। कभी मैं किसी वजह से उसे वक्त नहीं दे पाता तो वह भावुक हो जाती।

'प्रमेश, एक साथी से इतनी उम्मीद तो मैं कर ही सकती हूँ। सुबह-शाम तुम्हारी

आवाज सुनकर अपने अन्दर एक ताजगी और खुशी महसूस करूँ। तुम मेरी जिन्दगी का पहला प्यार हो। मैं जानती हूँ कि मुझे तुम्हारा साथ उस तरह नहीं मिलेगा जैसे एक पत्नी को मिलता है। परिवार के प्रति तुम्हारी जो जिम्मेवारियाँ हैं, उन्हें मैं समझती हूँ। पर मैंने भी तो अपना सर्वस्व तुम्हें अर्पित कर दिया है। अब मेरा जीवन भी तो तुमसे अभिन्न रूप से जुड़ गया है। तुम्हारे अलावा मेरे जीवन में और कौन-सा सुख है। न मेरे अन्दर अब कोई चाहत भी है। ईश्वर से यही प्रार्थना करती हूँ कि तुम्हारा साथ ताउम्र रहे। इसलिए मुझे कम से कम इतना वक्त तो दो कि मैं अपनी जिन्दगी ठीक तरह गुजार सकूँ।'

मेरा अन्तरंग नूपुर के प्यार से आप्लावित था पर उसके प्यार का आवेग जिस गति और उग्रता से बढ़ रहा था, उससे मैं कभी परेशान हो जाता। समाज और सामाजिक मर्यादाएँ मुझे हमेशा सतर्क और सजग रखते थे। मैं इस रिश्ते की सीमाएँ अच्छी तरह समझता था और नूपुर को भी इसका अहसास कराना चाहता था। पर इन बन्धनों की अनदेखी कर उसकी चाहतें लगातार बढ़ रही थीं। कभी वह मेरे साथ बाजार जाना चाहती तो कभी फिल्म देखने। कभी किसी ड्रामा या कन्सर्ट में साथ की जिद करती तो कभी अपने घर बुलाकर देर तक साथ रहने का आग्रह करती। उसके माता-पिता और बेटे के सामने मैं सहज नहीं हो पाता। बाहर घूमकर मैं बेवजह के एक्सपोजर से बचना चाहता था और हर बार कोई न कोई बहाना बनाता। बहुत जल्दी ही वह मेरे इन बहानों को समझने लगी और इसे लेकर तमाम शिकवे-शिकायतें करती। मैंने समझाने की कोशिश की, 'देखो नूपुर, लखनऊ इतना बड़ा शहर नहीं है जहाँ हम इस तरह स्वच्छन्द रूप से घूम सकें। मेरे लिए यह असम्भव है और तुम्हारे लिए भी ठीक नहीं। हम एक कॉलेज में पढ़ा रहे हैं जहाँ हजारों की संख्या में छात्र-छात्राएँ हैं। हमें साथ घूमता देखकर पता नहीं क्या दुष्प्रचार होने लगे। यह हमारी छवि और प्रतिष्ठा के लिए बहुत घातक होगा।'

'क्या हमारा कोई व्यक्तिगत जीवन नहीं है?' उसने झुँझलाकर कहा।

'कैसी नासमझी का बात करती हो। इसका जवाब तुम अच्छी तरह जानती हो।'

'फिर इस तरह के रिश्ते में बँधने का क्या मतलब है। घर के अन्दर तुम साथ रह नहीं सकते और बाहर मैं तुम्हारे साथ घूम नहीं सकती। चलो मैं तो इसे नहीं समझती थी पर अगर तुम्हें इसका बखूबी अन्दाज था तो तुम्हें इस तरह का सम्बन्ध बनाना ही नहीं चाहिए था।'

'रिश्ता सोचकर नहीं बनाया जाता, नूपुर। यह दिल में पैदा होता है, दिमाग से नहीं। तुमसे प्यार होना था तो हो गया।' हौले से मुस्कराकर मैंने कहा।

'तुम्हारे लिए यह मजाक की चीज हो सकती है पर मेरे लिए तो तुम साँस लेने की तरह जरूरी हो।' उसे मेरी मुस्कान कतई नहीं सुहाई। रोष और खीझ भरी आवाज में

कहा उसने, 'अब तुम्हारा साथ नहीं मिलेगा तो मैं जिन्दा ही नहीं रह सकती।'

'प्लीज नूपुर, ऐसी बात दिमाग में मत लाया करो। मैंने तुम्हारा साथ निभाने का वादा किया तो है। इसका बाहर घूमने और ज्यादा वक्त गुजारने से कोई नाता नहीं है। यह हमारे अन्दर की भावना है। हम दोनों को ही इसे अच्छी तरह समझना चाहिए और एक-दूसरे पर यकीन करना चाहिए।'

'प्रमेश, उस समझ और विश्वास का क्या करूँ जिससे मुझे कोई सुख नहीं मिलता। मेरी अपनी भी कुछ जरूरतें हैं। उन्हें तुम ही तो पूरा कर सकते हो। इसी यकीन के साथ तो मैं तुम्हारे करीब आयी थी। पर मुझे मालूम है कि तुम मेरे प्यार को नहीं समझते। तुम शायद नहीं जानते कि जब एक औरत अपने जीवन में किसी दूसरे पुरुष को इस तरह शामिल करती है जैसे मैंने तुम्हें किया है, तो उसकी क्या उम्मीदें होती हैं, किन सपनों के साथ वह जीती है। शायद तुम्हें यह दूर-दूर का रिश्ता सूट करता है। प्रमेश, तुम्हारे अन्दर वह प्रतिबद्धता नहीं है जो प्यार की पहली जरूरत है। मैंने तो इस रिश्ते की शुरुआत ही इससे की थी।'

उसकी आँखें छलक आतीं। मैं असहाय-सा महसूस करता। मुझे समझ ही नहीं आता कि मैं उसे किन शब्दों में समझाऊँ। मुझे इस बात का बखूबी अहसास था कि मैं उसे अपनी मजबूरियाँ नहीं समझा सकता। मैं जितना उसे समझाने की कोशिश करता, बात उतनी ही उलझती जाती।

वक्त के गुजरने के साथ वह बेहद संवेदनशील होती चली गयी। कभी मैं फोन पर बात नहीं कर पाता तो वह बिफर पड़ती।

'एक फोन ही तो मेरा सहारा है और उससे भी तुम मुझे वंचित रखते हो। बताओ कैसे जिऊँ मैं?'

'कोई न कोई वजह होती है न।'

'मुझे नहीं जाननी कोई वजह। सब कम्प्रोमाइज मुझे लेकर ही करने हैं तुम्हें। मुझसे दूर रहते हो और तुमसे अलगाव का दर्द रात-दिन सहती हूँ। पर तुम्हें इसका कोई अहसास नहीं है। पहले तो कभी ऐसा नहीं होता था। अब जब मैं तुममें पूरी तरह डूब गयी हूँ और तुम मेरी जिन्दगी की जरूरत बन गये हो तो हर चीज का कोई न कोई बहाना है तुम्हारे पास।'

'मैं बहाना नहीं बनाता नूपुर।' मैं झल्लाकर कहता।

'देखो, कैसे बात कर रहे हो। पहले ऐसी आवाज मैंने तुमसे कभी नहीं सुनी।' उसकी आवाज रुआंसी हो जाती।

'इसलिए क्योंकि तुम मेरी हर बात का गलत अर्थ लगाती हो, समझने की बिलकुल कोशिश नहीं करतीं। फिर ऐसा रोज तो नहीं होता।'

'कभी भी ऐसा क्यों हो? तुम खुद कहते हो कि मैं तुम्हारी जिन्दगी का हिस्सा हूँ

तो मेरा इतना अधिकार भी नहीं है, प्रमेश। ठीक है कि मैं तुम्हारी पत्नी की तरह भाग्यशाली नहीं हूँ, रात-दिन तुम मेरे साथ नहीं रहते पर मैंने तुम्हें वह सब दिया है जो एक स्त्री एक पुरुष को देती है—प्यार, पूरा समर्पण और अपने तन और मन का हर कोना। तुम्हारे अलावा मेरे जीवन में और कौन है। इसलिए अगर मैं तुमसे कुछ अपेक्षा करती हूँ तो इसमें क्या गलत है।'

उसका स्वर भीगने लगता और जल्दी ही उसकी सुबकियाँ मेरे कानों में पड़ने लगतीं। मैं उसे जितना समझाने की कोशिश करता वह उतनी ही संवेदनशील और कभी चिड़चिड़ी हो जाती। वह न जाने क्या-क्या बोल जाती। मैं जितना उसे सँभालने का यत्न करता वह उतना ही बेकाबू होने लगती। कभी गुस्से में फोन काट देती और फिर घंटों फोन नहीं उठाती। लम्बा वक्त बीतने पर जब वह बात करती तो बड़े बोझिल स्वर में, 'प्रमेश, तुम मुझे ठीक तरह समझते क्यों नहीं। मैं तुमसे कुछ भी तो नहीं माँगती। सिर्फ प्यार और वक्त...। उसके लिए भी तुम मुझे तरसाते हो। मेरी जिन्दगी में मेरे बेटे और तुम्हारे सिवा और क्या है। तुमने ही मुझसे कहा था कि तुम मुझे उतना ही प्यार करते हो जितना अपनी पत्नी को। फिर अपनी जिन्दगी पर कुछ तो हक मेरा भी मानो।'

संवेदना, आकर्षण, सहानुभूति, साहचर्य जैसे भावों से आरम्भ हुआ रिश्ता अब खासा गम्भीर और पेचीदा हो चला था। मुझे समझ ही नहीं आता कि वह किस अधिकार की बात करती है या वह मुझसे क्या चाहती है। अक्सर वह अपनी तुलना पत्नी से करने लगती और मेरे पास उसे समझाने के लिए कोई शब्द ही नहीं होते। मैं त्रस्त अनुभव करता और अक्सर मेरे मुँह से कोई न कोई ऐसा बात निकल जाती जो उसे बेइन्तहा बुरी लगती और कुछेक घंटों के लिए हमारा संवाद बन्द हो जाता। बाद में जब मैं उसे समझाने की कोशिश करता तो वह कभी बेहद भावुक हो जाती तो कभी फफकने लगती।

मैं अपने को घिरा-सा महसूस करने लगा। मैं जानता था कि मैं नुपूर से प्यार करता था और शायद मेरे जीवन की वह पहली स्त्री थी जिसे सचमुच मेरी जरूरत थी। मैं उसे खुश रखना चाहता था क्योंकि उसकी प्रसन्नता में ही मेरा सुख भी था। पत्नी, परिवार और बच्चों से बचाकर जो कुछ मैं उसके लिए कर सकता था, करना भी चाहता था। पर मैं अपने रिश्ते की सीमाएँ भी अच्छी तरह जानता, समझता था जिसे वह सुनने को कतई तैयार नहीं थी। नतीजतन वह हमेशा असन्तुष्ट और दुखी दिखलाई देती।

धीरे-धीरे हमारे रिश्ते में खासी जटिलता आती चली गयी। शायद ही मैं सहज रूप से उससे बात कर पाता था। हर वक्त मुझे यह आशंका घेरे रहती कि मेरी बात को वह किस तरह से लेगी या उसका क्या अर्थ निकाले। या अपनी किस बात से मैं उसकी नाराजगी और तानों का शिकार बन जाऊँ। मैं उससे बात करने में अत्यधिक सचेत रहने लगा। हमारे रिश्ते से सहजता गायब हो रही थी। अब हम पहले की तरह खुलकर नहीं

हँसते। नुपूर को मुझसे ढेर सारी शिकायतें रहतीं और मैं उसे खुश रखने में असहाय और असफल था।

हमारा रिश्ता सुखद अहसास के बजाय एक बोझ बनता जा रहा था। मैं असहज और परेशान रहने लगा। उससे बात करते समय बेहद सावधान रहता जिससे मेरे किसी शब्द से वह आहत न हो।

मेरी जिन्दगी में एक बार फिर रीतापन भर गया था जो पहले से कहीं ज्यादा मारक और त्रासद था। हर पल एक गहरी टीस का अहसास मुझे उत्पीड़ित करता रहता था हालाँकि इस पीड़ा के लिए मैं खुद जिम्मेवार थी। राहुल मेरी जिन्दगी में मेरी मर्जी से नहीं आया था पर गया मेरी कोशिश से ही। पर प्रमेश को तो मैंने सायास अपने जीवन में प्रवेश दिया था। और विडम्बना यह थी कि उसके प्रस्थान के लिए मुझे ही पहल करनी पड़ी।

आखिर क्यों आया प्रमेश मेरी जिन्दगी में... ? किसी साथी की कोई चाहत न तो मेरे अन्दर थी और न ही अकेलेपन का कोई दंश मुझे प्रताड़ित करता था, राहुल से अलगाव के बावजूद। मैं उस एकाकीपन की अभ्यस्त हो गयी थी। मैंने अपनी दुनिया को अपने अन्दर समेट लिया था जिसमें सिर्फ और सिर्फ मेरा बेटा शामिल था। उसी के इर्द–गिर्द मेरी जिन्दगी सिमटी थी और उसी में जीवन का समूचा उल्लास और उत्साह निहित था। उसके चेहरे पर आयी तनिक-सी मुस्कान मेरे अन्दर आह्लाद और सुख की तरंगें प्रवाहित करती थी। मेरे जीवन और जिजीविषा का वही एकमात्र अभीष्ट था, जीने का मकसद और उम्मीद... ।

फिर प्रमेश... ! क्यों और कैसे मैं उसके प्रति आकृष्ट होती चली गयी, अपनी समस्त वर्जनाओं और मान्यताओं को परे ढकेलती हुई। एकाएक मेरे अन्दर का एकान्त जैसे हाहाकार करने लगा। अचानक मेरे अन्दर दबी असुरक्षा की भावना मुझे त्रस्त और बेचैन करने लगी। कुछेक मुलाकातों में ही उसका सम्मोहन मेरे मन–मस्तिष्क पर हावी हो गया था। प्रमेश से मिलकर मैं बड़ी भरी-भरी महसूस करती। जीवन के क्षितिज पर नये रंग उभरने लगे जो रात-दिन मुझे लुभाते। उसकी बातों ने मुझे गजब का विश्वास और सम्बल प्रदान किया था। मैं जानती और समझती थी कि वह अपने पारिवारिक दायित्वों और लगाव के प्रति पूरी तरह सचेत और सजग है और अपनी उस निष्ठा को दाँव पर लगाकर वह कुछ नहीं करेगा। पर उसका एक कथन मुझे सदैव आश्वस्त और प्रेरित करता कि एक को तोड़कर दूसरा घरौंदा बनाना आसान है किन्तु अपने आशियाने को महफूज रखते हुए दूसरे को स्पेस देना एक गम्भीर चुनौती है।

उसने इस चुनौती को स्वीकार करने का जोखिम उठाया, पूरे आत्मविश्वास और प्रतिबद्धता के साथ। कम से कम मुझे तो ऐसा ही आभास कराया था उसने। वह मेरे

लिए समय निकालता, मेरी हर बात पर पूरा ध्यान देता, मुझे खुश करने की हर कोशिश करता और अगर मैं किसी वजह से दुखी या तनावग्रस्त होती तो मुझे उससे उबारने में जान लगा देता। उसकी बातों के जादू से मैं उस नकारात्मक मनःस्थिति से जल्दी ही उबर जाती। जीवन के समस्त सन्त्रास और कष्ट जैसे उड़नछू हो जाते। जीवन के प्रति उत्साह और उल्लास से मैं चहकने लगती। सब कुछ अत्यन्त सहज और सुखद प्रतीत होता।

उस दिन पहली बार मुझे आघात लगा था जब चरमोत्कर्ष के दौर से निकलने के बाद हम एक-दूसरे की बाँहों में गुथे पड़े थे। हर्षोन्माद के साथ कहीं मैं घोर भावुकता के दौर से गुजर रही थी। मुझे लगता ही नहीं था कि एक पुरुष का संसर्ग किसी स्त्री को इतना सम्पूर्ण और सुरक्षित कर सकता है। कि विधाता की ये सृष्टि इतनी अनुपम और अद्वितीय क्यों है और इसलिए मानव क्या देवता भी इसके प्रभाव से अछूते नहीं हैं। मेरे अन्दर काफी कुछ उमड़-घुमड़ रहा था।

'प्रमेश, तुमने मुझे वो सुख दिया है जिससे विवाह के बावजूद मैं वंचित थी। मैं हमेशा मानती थी कि मन के जुड़ाव के बिना देह का सुख अनुभव नहीं किया जा सकता। देह का नहीं, मन का संस्पर्श तन को झंकृत करता है और वो झंकार एक स्वरलहरी की तरह आपके अन्दर देर तक प्रवाहित होती रहती है। हम कितना मिल पाते हैं पर ये मिलन मुझे लम्बे समय तक तरंगित रखता है।'

'तभी प्यार करने के इतने कम मौके देती हो... ।' प्रमेश ने अत्यन्त सरसरे ढंग से कहा और बड़े अजीब तरह से मुस्करा दिया।

'प्लीज प्रमेश... ।' मैं उसकी प्रतिक्रिया से निराश हुई थी, 'मेरी बात को गम्भीरता से लो। अपने अन्दर संवेदना के बहते सैलाब को मैं कैसे रोके हुए हूँ, तुम्हें इसका अहसास नहीं है।'

'अरे कहो न यार... ।' उसने अपने कसाव को बड़ा दिया और अपने होंठों से मेरे होंठों को पूरी तरह दबा दिया।

मेरे लिए बोलना नामुमकिन था। वह मुझे बेतहाशा चूमता रहा और कुछ पलों के गहरे आलिंगन और उत्तेजक छुअन के बाद जब मैं मुक्त हुई तो चाहत, उन्माद और उत्तेजना से भरी उसकी आँखें मुझे भटका रही थीं। मेरे सारे शब्द आवारगी की गिरफ्त में आ गये थे। मैं न जाने क्या कुछ कहना चाहती थी उससे। अपने जीवन में उसकी मौजूदगी के महत्त्व से रूबरू कराना चाहती थी उसे। कुछ पलों के अन्तराल के बाद मैंने अपने को व्यवस्थित किया।

'प्रमेश, तुम्हें पाकर मैं अपने को कितना भाग्यशाली समझती हूँ। जीवन कितना मधुर, सहज और स्निग्ध लगने लगा है। मेरे चारों ओर बिखरा अवसाद, अकेलापन और अन्धकार एकाएक तिरोहित हो चला है और मेरा जीवन एक नयी आभा, उम्मीद

और आकांक्षा से जगमग हो गया है। मुझे हमेशा लगा कि हर व्यक्ति का जीवन अपने में परिपूर्ण है। वह अपने में सम्पूर्णता से जी सकता है। पर तुमसे मिलने के बाद जाना मैंने कि एक सच्चे साथी का जीवन पर इतना सकारात्मक और सघन प्रभाव पड़ सकता है।'

मेरे अन्दर भावनाओं का ज्वार बहने लगा था। सीने में जैसे कुछ जमा हो गया था जो गले के अन्दर बुरी तरह चुभ रहा था। हम दोनों की अनझिप नजरें जुड़ गयी थीं, एक अचूक उन्माद और कृतज्ञता से सराबोर। मुझे उसकी आँखों में अपना अक्स नजर आ रहा था। मैं उसमें पूरी तरह डूबी हुई थी। हम खामोश थे पर हमारे बीच बहुत कुछ सम्प्रेषित हो रहा था। मेरी आँखें डबडबा उठी थीं और मैंने अपना चेहरा उसके सीने में गड़ा दिया था।

प्रमेश मेरे बालों में हाथ फहराने लगा। उसकी सहलाहट मुझे अन्दर तक सुकून दे रही थी। मेरे अन्दर जमा भावनाओं का अन्धड़ पिघलकर बहने लगा था। उस बहाव में कितनी राहत का अहसास था।

'प्यार के इतने खूबसूरत लमहों में ऐसी भावनात्मक कमजोरी... ।' प्रमेश ने बड़े सपाट स्वर में कहा, 'डार्लिंग, एन्जॉय दीज मूमेंट्स।'

'हाँ प्रमेश, तुम शायद इसे अच्छी तरह नहीं समझ रहे।' उसकी प्रतिक्रिया ने कहीं मुझे आहत किया था, 'जिन्दगी के जिस उबड़-खाबड़ से मैं गुजरी हूँ उसका अहसास तुम्हें नहीं है और शायद किसी पुरुष को कभी नहीं हो सकता। इसलिए तुम्हें दोष नहीं देना चाहती पर इतनी उम्मीद जरूर करती हूँ कि एक अच्छे, संवेदनशील इंसान की तरह तुम इसे अच्छी तरह समझोगे जरूर। प्रमेश, तुम्हारे साथ मैंने जीवन की दूसरी पारी की शुरुआत की है, ठीक वैसे ही जैसे राहुल के साथ की थी। अब तुम्हारा मेरे जीवन में वही स्थान है, जो राहुल का था।'

'बिना सात फेरे लिए... ?' पता नहीं उसने मजाक में कहा था या गम्भीरता के साथ।

मैंने उसके चेहरे पर नजर डाली। वह धीरे-धीरे मुस्करा रहा था जो मुझे कतई अच्छा नहीं लगा।

'ऐसे रिश्ते के बाद उसकी जरूरत है क्या ?' मेरी आवाज में क्रोध और खीझ थी, 'क्या तुम सचमुच ऐसे कर्मकांड में यकीन करते हो। मुझे तो तुम सदैव अत्यन्त प्रगतिशील और उदार विचारधारा के लगे हो। फिर जिस रिश्ते में मन का जुड़ाव हो उसमें किसी रिचुयल की कोई अहमियत है क्या ?'

'सच है यार... ।' उसने हँसते हुए कहा, 'तुम मेरी हर बात को इतना सीरियसली क्यूँ लेती हो। दार्शनिक अन्दाज में क्यों सोचने लगती हो। नूपुर, मुझे इस रिश्ते के महत्त्व का पूरा आभास है। एक-दूसरे की जिन्दगी में इसकी जरूरत को मैं अच्छी तरह समझता

हूँ। यू आर माई स्वीट डार्लिंग... ।' एक बार फिर उसने मुझे कस लिया।

'सिर्फ डार्लिंग... ।' मैं फुसफुसाई, 'मेरे तो जीवनसाथी हो तुम। क्या तुम मुझे... ?'

'अफकोर्स यार... । मेरे प्यार, मेरी भावनाओं पर भरोसा नहीं है तुम्हें। क्या तुम्हें मेरी प्रतिबद्धता में कोई कमी नजर आती है। जिस तरह मेरे जीवन में अलका है, वैसे ही तुम हो। वह मेरी जिम्मेवारी है, फर्ज है और तुम मेरा प्यार, पैशन और मकसद... ।'

उसके शब्दों की गहनता के आवेग में मैं बहने लगी। उसके चेहरे को दोनों हाथों से जकड़कर मैं उसे बेतहाशा चूमने लगी। एक बार फिर हम उत्तेजना और उन्माद की गिरफ्त में थे। मेरी देह के पोर-पोर से तरलता रिस रही थी। इस बार मैं ज्यादा आक्रामक हो चली थी और प्रमेश उसमें पूरी तरह डूब रहा था। पहली बार मुझे लगा कि मेरे अन्दर कैसी तृष्णा जीवित है, कितना कुछ पाने को अभी शेष है और मेरे पास उसे देने के लिए कितना कुछ बाकी है।

पर पता नहीं क्यों, मैं प्रेमोन्माद के इस दौर में ज्यादा वक्त नहीं टिक पाती। एकाध हफ्ते बाद ही हमारे बीच ऐसा कुछ हो जाता कि मेरे अन्दर अविश्वास, प्रतिबद्धता में ह्रास, प्रमेश के जीवन में अपनी मौजूदगी के प्रति सन्देह के कीड़े सरसराने लगते और उसका दंश हर पल मेरे अन्तर को सालने लगता। फोन करने में तनिक-सी लापरवाही, बातों में जल्दबाजी या परिवार में व्यस्तता मुझे बुरी तरह चुभती। मेरे फोन करने पर उसका फोन बिजी मिलना मुझे असहनीय प्रतीत होता। न चाहकर भी मैं उससे क्या कुछ कह जाती। कई बार उसका फोन नहीं उठाती। फिर बात होती तो उस संवादहीनता का प्रभाव बना रहता। नतीजतन हमारे बीच कुछ अप्रिय संवाद होने लगते। प्रमेश का स्वर रोष और उदासीनता से सपाट और शुष्क हो जाता। कभी आवेश में वह फोन काट देता और दो-तीन दिन तक हमारे बीच चुप्पी पसरी रहती।

वक्त के साथ सब सामान्य दिखने लगता पर महीने, दो महीने के अन्तराल पर ऐसे दौर की पुनरावृत्ति हो जाती। मेरे किसी प्रस्ताव पर उसकी मनाही मुझे कतई बर्दाश्त नहीं होती। मेरा मन उसके साथ घूमने का करता, गाड़ी में लाँग ड्राइव के लिए मेरा मन मचलता, किसी अच्छी फिल्म या नाटक में उसके साथ जाने की जिद करती तो वह बड़ी बेरुखी से इनकार कर देता।

'तुम जानती हो कि ये मुमकिन नहीं है।'

'पर क्यों?'

'वजह भी अच्छी तरह समझती हो। बच्ची नहीं हो। हम दोनों के परिवार हैं, दोनों अध्यापक हैं। युवाओं की तरह ऐसे कैसे आवारगी कर सकते हैं।'

'अच्छा, मेरे साथ घूमना आवारगी है। खूब कहा तुमने। महीने में एकाध बार मेरे साथ कहीं जाने से तुम्हारी सारी प्रतिष्ठा धूल में मिल जाएगी। अगर हम नाटक या फिल्म साथ देख लें तो हमारा चरित्र कलंकित हो जाएगा। प्रमेश, तुम ही तो इक्कीसवीं

सदी की दुहाई देते थे और अब जब मैंने अपने कदम आगे बढ़ा लिये हैं तो तुम्हें सारी मर्यादाएँ याद आ रही हैं। फिर मेरी जिन्दगी में शामिल होने की क्या जरूरत थी?'

'यार, बेवजह की बहस करती हो। सामाजिकता भी कुछ है...।'

'अच्छा, एक विवाहित स्त्री से रिश्ता बनाते हुए तुम्हें सामाजिकता याद नहीं आई थी, न ही अपना परिवार याद आया था। जब मैंने तुम्हें अपना सर्वस्व अर्पित कर दिया है तो तुम्हें सामाजिकता याद आने लगी। वाह प्रमेश...।'

'ऐसा नहीं है। मुझे गलत समझ रही हो तुम। क्या अपनी भावनाओं या प्यार का सार्वजनिक प्रदर्शन करना जरूरी है जिसे समाज स्वीकार नहीं करता। इस बात को तुम अच्छी तरह समझती हो। यह भी जानती हो कि मुझसे ज्यादा परेशानी तुम्हें होगी। कोई भले ही सामने कुछ न कहे पर लोगों की नजरों में उपेक्षा, तिरस्कार, उपहास, अवेहलना और वितृष्णा तुम बर्दाश्त नहीं कर पाओगी।'

'तुम मेरी चिन्ता मत करो, सिर्फ अपनी बात कहो। मैं इस दोगले समाज को अच्छी तरह जानती और समझती हूँ। अपने लिए नियम कुछ और और दूसरे के लिए कुछ और।'

'तुम ठीक कह रही हो। इसे कौन नहीं जानता। पर समाज के विरुद्ध जाने का जोखिम तुम भी नहीं उठा पाओगी। और ओनेस्टली मैं तो कतई नहीं...।'

सुनकर मुझे धक्का सा लगा। यह प्रमेश था जो आधुनिकता, निजी जिन्दगी की स्वायत्तता, व्यक्तिगत स्वतन्त्रता, अपनी चाहतों और लक्ष्यों के प्रति बेहद पजैसिव होने का दम्भ भरता था। जिसने मुझे जीने की एक नयी राह दिखलायी थी, जीवन का एक नया फलसफा मेरे अन्तर में रोपित किया था। प्यार का यह कैसा सुविधाभोगी रूप है और किस हद तक यह हमें छलता जाता है—हमें इसलिए क्योंकि मेरे साथ प्रमेश कहीं अपने को भी छल रहा था।

मैं अवाक् और सन्न थी। मेरे अन्दर एक सन्नाटा पसर गया था जिसके निशब्द थपेड़े मेरे अन्तर को छलनी कर रहे थे। अपने कानों से ये सब न सुनती तो कभी विश्वास ही नहीं कर पाती। क्या सचमुच प्यार विवाह की संस्था से घिरा है और जिस रिश्ते में उसकी सम्भावना नहीं है वह प्यार का एक अत्यन्त भावुक और मायावी रूप है—निहायत लिजलिजा और घृणित जिसमें कुछ भी ठोस नहीं है।

ऐसे अवसरों में मैं जो हमेशा करती थी वही किया मैंने। फोन काटकर मैं बिस्तर पर ढह गयी।

पर मुझे अभी दूसरा आघात सहना था। अमूमन प्रमेश मेरी नाराजगी के प्रति पूरी संवेदनशीलता प्रदर्शित करता और मुझे तब तक फोन करता जब तक मैं उससे बात नहीं कर लेती।

पर इस बार उसने ऐसा कुछ नहीं किया। रात में भी उसका कोई फोन नहीं आया।

अगले दिन जब कॉलेज में हमारा सामना हुआ तो उसका चेहरा सपाट और शुष्क था। वह कटा-कटा बना रहा और मेरे सामने आने से बचता दिखलाई दिया। मुझे यकीन ही नहीं हुआ कि यह वही प्रमेश है जिसने मेरी जिन्दगी में एक स्थायी जगह बना रखी है, जिसके साथ मेरे तमाम सपने जुड़े हैं और जिसने अपनी बातों और आचरण से मेरे जीवन में एक नयी आशा और विश्वास पैदा किया था। क्या लगभग दो सालों का अन्तरंग रिश्ता इतना खोखला और सारहीन हो सकता है?

उसकी नजरों में अजनबियत और उपेक्षा थी—मेरी उपस्थिति से पूरी तरह बेखबर... । आत्मीयता और प्रेम तो दूर उसमें सहयोगी होने के सामान्य शिष्टाचार का भी अभाव था।

मैंने अपने का संयत और असम्पृक्त रखने की भरसक कोशिश की पर मेरे अन्दर भीषण उद्वेलन था। मैं हैरान और व्यथित थी। कॉलेज के खुलेपन में मैं बड़ी घुटन महसूस कर रही थी। ऐसा लगा कि अन्दर ही अन्दर कोई मुझे निचोड़ रहा है, मेरी जिजीविषा और ऊर्जा को सोख रहा है। एक बार फिर एक कंटीली रिक्तता मेरे अन्दर पसर रही थी। मैं सोचती रही कि हमारे रिश्ते की सारी अन्तरंगता, अपनत्व और आत्मीयता की लड़ी सचमुच इतनी कमजोर है क्या? क्या यह पुरुषवादी वर्चस्व की लड़ाई है अथवा प्रभुत्व और अहं के प्रभावी होने का संघर्ष है?

तीन दिनों तक हमारे बीच कोई सम्पर्क नहीं रहा। कहाँ चौबीस घंटे में पाँच-छह बार लम्बी-लम्बी बातें और कहाँ एकदम सन्नाटा और संवादहीनता। मुझे सब कुछ बड़ा उजड़ा और उखड़ा हुआ प्रतीत होता। रह-रहकर उसकी याद आती और कष्ट और बेचैनी के झँझावात से मुझे प्रकम्पित कर जाती। पहली बार प्रमेश मुझे अपने से दूर होता महसूस होने लगा था।

प्रमेश में बदलाव आ रहा था। मेरी हर बात या सुझाव पर वह सवालिया निशान लगा देता। मैं तनिक भर अधिकार जताने की कोशिश करती तो वह छिटककर दूर हो जाता। दो-चार दिन के अन्तराल के बाद जब रिश्ता सामान्य होता तो हम अप्रिय प्रसंगों को भूलने की कोशिश करते। इसी से उसे लगने लगा था कि अन्ततः हमारा रिश्ता बचा रहेगा और उसे कुछ अतिरिक्त या नया करने की कोई जरूरत नहीं है।

प्रमेश में यह बदलाव मेरे लिए अत्यन्त त्रासद होता जा रहा था। मैं दुखी रहती थी। उससे मिलने के बावजूद मेरा उत्साह क्षरित हो रहा था। इसका प्रभाव मेरी निजी जिन्दगी और महाविद्यालय के कार्यकलाप पर भी पड़ रहा था। मम्मी मुझे टोकने लगी थीं। कुछ न बतलाने के बावजूद उन्हें हमारी मित्रता की भनक थी। अलबत्ता उन्हें इस रिश्ते की गहनता और सघनता का कतई आभास नहीं था। कई बार पूछतीं, 'प्रमेश कैसे हैं। कई दिनों से घर नहीं आये।'

कभी मैं उन्हें कुछ बतला देती तो कभी मैं टाल जाती। इसे वह बखूबी समझने

लगी थीं और समझाने लगतीं, 'बेटा, तू अपने बारे में सोच। अभी तेरी उम्र ही क्या है। पूरी जिन्दगी पड़ी है। न हम तेरा देर तक साथ दे पाएँगे और दोस्ती तो वक्त गुजारने का जरिया है। मुझे इसमें कोई एतराज नहीं है। प्रमेश से बात करके तू खुश रहती है, मुझे अच्छा लगता है। पर ये दोस्ती जिन्दगी का साथ नहीं देती। उम्र के साथ यह रिश्ता कमजोर पड़ता जाता है। ये सब समझने के लिए तू नादान नहीं है। इसलिए अपने बारे में सोच। अपनी जिन्दगी और बेटे के भविष्य के बारे में वक्त रहते सही फैसला ले। समय हवा की तरह उड़ता है। प्रमेश... ।'

वह एकाएक खामोश हो गयीं। वह क्या कहना चाहती थीं, मैं अच्छी तरह समझ गयी थी। ...कि प्रमेश का अपना सुखी, सम्पन्न पारिवारिक जीवन है, उससे मित्रता एक अस्थायी सम्बन्ध है जो उम्र के साथ कमजोर और एक पड़ाव पर आकर थमता ही नहीं खत्म हो जाता है। मुझे उनकी बातों में सार नजर आता था। पर प्रमेश का नशा मुझ पर इस तरह तारी था कि मैं अपने जीवन में उसके अतिरिक्त किसी और की कल्पना ही नहीं कर पाती। हाँ, अपने और उसके जीवन के यथार्थ से मैंने किसी हद तक समझौता कर लिया था पर वह समझौता अपने कुछ अधिकारों को लेकर कतई नहीं था।

पति से सम्बन्ध-विच्छेद की प्रक्रिया के दौरान ही मम्मी-पापा मेरे जीवन को सामाजिक तौर पर पुनर्व्यस्थित करने में जुटे थे। अपने सम्बन्धियों, परिचितों के जरिये मेरे लिए किसी उचित जीवनसाथी की तलाश करते रहते थे। एकाध जगह मिलने भी जाते और मुझसे इस बारे में बात भी करते। कभी मैं उनकी बात को अनसुना कर देती तो कभी तुनककर कह देती, 'मुझे नहीं करनी दोबारा शादी। एक विवाह का अनुभव कम है क्या? उन दिनों को याद करके मेरा रोम-रोम सिहर उठता है। किस तरह एक-एक पल मुझे कसक देता था और हर दिन मुझे अपने अन्त के करीब आता महसूस होता था। कम से कम अब मैं खुली हवा में साँस ले सकती हूँ, अपनी शर्तों पर जिन्दगी जी सकती हूँ और जिन्दगी में घर कर गयी नकारात्मकता का निषेध कर पाने में सक्षम हूँ। मैं अपने और बेटे के जीवन को साधना जानती हूँ। इसके लिए मुझे किसी की जरूरत नहीं है।'

मम्मी की नजरों में मेरे कथन के प्रति अविश्वास साफ झलक रहा था। वह मुझसे उलझना नहीं चाहती थीं पर मेरी सोच के प्रति आश्वस्त भी नहीं थीं।

'मम्मी,' कुछ देर रुककर मैंने कहा, 'क्या कमी नजर आती है तुम्हें मेरे जीवन में? क्या मैं सुखी और प्रसन्न नहीं दिखती? क्या एक स्त्री अपनी तरह से अपना जीवन नहीं गुजार सकती या अपने माता-पिता के घर रहना एक औरत के लिए अभिशाप है?'

मम्मी गहरी पनीली आँखों से मुझे ताकती रहीं और निशब्द बनी रहीं। मुझे यह अहसास कराती रहीं कि मेरे शब्दों का उन पर कोई प्रभाव नहीं है। मेरे पास चुप रहने के अलावा और कोई विकल्प नहीं था।

पर कुछ अरसे से प्रमेश के व्यवहार में आये बदलाव से मैं दुखी और सन्त्रस्त अनुभव करने लगी थी। एक बार फिर जीवन की नकारात्मकता मुझ पर हावी होने लगी थी। मुझे लगने लगा था कि ये दूरभाषी रिश्ता मेरे जीवन को कहाँ और किस सीमा तक सम्बल प्रदान कर पाएगा। प्रमेश सिर्फ और सिर्फ वर्तमान की बात करता और मुझे अपना भविष्य ललकारता नजर आता। भविष्य में उसके समर्थन और संरक्षण के बोल सुनने को मैं तरसती पर प्रमेश ऐसे गम्भीर मुद्दे को या तो टाल जाता या फिर उसके शब्दों में मुझे पापा-मम्मी नजर आते—एक साथी नहीं जिससे मैंने अपना जीवन जोड़ा था। मैं कहाँ गलत थी। उसी ने मुझे साथी होने की अनुभूति करायी थी। पर मैं इससे अनभिज्ञ थी कि वह केवल वर्तमान के सान्निध्य और संसर्ग के बारे में सोचता था और मेरे भविष्य को लेकर पूरी तरह बेपरवाह और उदासीन था।

उस दिन घर में अचानक काफी हलचल और गतिविधियाँ नजर आयीं तो मुझे पूछना पड़ा, 'कोई आ रहा है क्या?'

मम्मी कुछ पलों के लिए शान्त रहीं और फिर मुस्कराकर बोलीं, 'हाँ, तुझसे मिलने कोई आ रहा है ।'

'क्यों और मुझे बिना बताए?' मैंने झल्लाकर कहा।

'तुझे बताती आज। कल इतवार है न तो कल ही आएँगे।'

'पर क्यों मम्मी? इस बारे में मुझसे पूछना तो चाहिए आपको।' मैं उखड़ गयी थी।

'मिलने ही तो आ रहे हैं। कोई ब्याह के थोड़े ले जाएँगे।' मम्मी ने बड़ी सहजता से उत्तर दिया और धीरे से हँस दीं।

इस मुद्दे पर उनकी सहजता और मुस्कराहट मुझे बुरी तरह कोंचने लगी। अन्दर तक कड़ुवाहट और जलन महसूस हुई मुझे। क्रोध के ज्वार ने मुझे बुरी तरह उद्वेलित कर दिया। किसी तरह खामोशी का दामन भींच रखा था मैंने। मेरी आँखों से आँसू ढुलकने लगे।

'बेटा,' मम्मी मेरे पास आयीं और समझाने लगीं, 'इतना परेशान होने की क्या बात है। देख, अकेले जिन्दगी नहीं काटी जा सकती। उम्र के बढ़ने के साथ किसी का साथ जरूरी होता है।'

'यही सोचकर तो आपने मेरी शादी की थी। पर हुआ क्या? एक नरक से बड़ी मुश्किल से निकली हूँ और आप दूसरे नरक में ढकेलने की तैयारी कर रही हैं। और मुझसे बिना पूछे-ताछे। मेरी जिन्दगी का एक बड़ा फैसला आपने लिया था और उसका अंजाम हम सबने देखा है। पर अब तो मुझे अपनी तरह से जीने दीजिए। और हाँ, इतना आपको यकीन दिलाती हूँ कि जब मुझे ऐसा लगेगा तो मैं खुद आपसे कह दूँगी। आप जो कहेंगी वो मानूँगी।'

'कहीं बहुत देर न हो जाए, बेटा। अभी अच्छे मैच मिल सकते हैं पर बाद में... ।'

'जो भाग्य में लिखा है वही होता है, आप ही से सुना है ये।'

'पर भाग्य के भरोसे रहकर आदमी अपना कर्तव्य थोड़े छोड़ देता है।'

'आप कभी कुछ कहती हैं और कभी कुछ। हर तर्क को अपनी तरह इस्तेमाल करती हैं। मम्मी, अच्छी तरह सुन लीजिए, मैं किसी से नहीं मिलने जा रही। अभी वक्त है, मना कर दीजिए।'

'ऐसे कैसे मना कर दें।' मम्मी झल्लाकर बोलीं, 'हमने ही तो प्रोग्राम बनाया है।'

'तो आप ही मिलें।' कहकर मैं पैर पटकती अपने कमरे में चली गयी।

मेरा सर बुरी तरह चकरा रहा था। मैं बिस्तर पर निढाल पड़ी थी और पूरी सृष्टि मानो घूम रही थी। समझ ही नहीं पा रही थी कि इस विपदा से कैसे निपटूँ। कभी मन होता कि मम्मी को अपने और प्रमेश के रिश्ते के बारे में बतला दूँ। पर पुरातन संस्कारोंवाली मम्मी इस आघात को सह पाएँगी क्या? क्या मेरी पाक-साफ छवि और परिवार की प्रतिष्ठा उनकी नजरों में कलुषित और धूलधूसरित नहीं हो जाएगी? और क्या इस घर में रहते हुए मैं उनके चेहरे की घृणा और वितृष्णा को बर्दाश्त कर सकूँगी?

मुझे प्रमेश की बेतहाशा याद आने लगी। हालाँकि मैं इस मुद्दे पर उसके नजरिए से परिचित थी पर मुझे लगा कि मेरी असह्य पीड़ा और यन्त्रणा को समझ कर वह कोई न कोई समाधान अवश्य देगा जिससे मुझे राहत का अहसास हो।

उस दिन सुबहोसुबह नूपुर का फोन आया।

'प्रमेश, मुझे तुमसे कुछ जरूरी बात करनी है।'

'हाँ, बोलो।' मैंने सशंकित स्वर में कहा।

'मिलकर करूँगी।'

'ठीक है, कॉलेज में तो मिलना ही है।'

'नहीं, कहीं और।'

'क्यों, कॉलेज नहीं आना आज?'

'ना, बारिस्ता में ग्यारह बजे मिलते हैं।'

'उस समय तो मेरा क्लास है।'

'मेरे लिए एक दिन का क्लास नहीं छोड़ सकते?' उसने झुँझलाहट भरी आवाज में कहा।

'क्यों नहीं..।' इस तरह उसका रियक्ट करना मुझे कतई अच्छा नहीं लगा।

'ठीक है फिर...।' कहकर उसने फोन काट दिया।

मैं अजीब-सी उलझन से घिर गया था। ऐसी कौन-सी खास बात थी जो हम

कॉलेज में नहीं कर सकते थे। तरह-तरह के अनर्गल विचार मुझे त्रस्त करने लगे। और तो और, अपने अन्तिम मिलन को भी मैं याद करने लगा कि कहीं कोई चूक तो नहीं हुई थी। अन्दर ही अन्दर मैं काँपने लगा।

मैं बारिस्ता पहुँचा तो वह मेरा इन्तजार कर रही थी। उसका चेहरा सपाट और बेरंग था। मुझे देखकर मुस्कान का एक अणु तक उसके चेहरे पर नहीं उभरा।

'देखो, यह फर्क आ गया है। पहले तुम इन्तजार करते थे और अब मैं तुम्हारी राह ताक रही हूँ।' उसने बड़ी बोझिल और तंजभरी आवाज में कहा।

मैंने उसकी बात को नजरअन्दाज करना बेहतर समझा।

उसका चेहरा खिंचा हुआ था। वह बेहद संजीदा दिख रही थी। कभी वह मेरी तरफ एकटक देखती तो कभी मुँह नीचा किये कहीं खोयी-सी नजर आती। पिछले कई बार से हमारी मुलाकात में रूखापन आता जा रहा था। पर आज उसके चेहरे पर चिन्ता और तनाव की रेखाएँ उभर आयी थीं। उसके पूरे रुख से नाराजगी और चिढ़न का आभास होता था।

'क्या लोगी?' मैंने उसे सहज करने की कोशिश की।

'प्रमेश, इतना तो तुम समझते ही होगे कि मैं इस वक्त कॉफी पीने नहीं आई।' उसने बड़े रूखे स्वर में विकृत भाव-भंगिमा के साथ कहा।

'यह तो मैं भी समझता हूँ यार,' मैंने धीरे से मुस्कराकर कहा, 'पर यहाँ बैठकर कुछ तो लेंगे न।'

कुछ देर चुप रहकर मैंने उसके जवाब का इन्तजार किया और फिर उठकर कॉफी का ऑर्डर दे दिया।

उसने मेरे उठने और फिर सामने आकर बैठने को जैसे पूरी तरह नजरअन्दाज किया। वह खामोश थी और मैं उसकी पहल का इन्तजार कर रहा था। मुझे समझ ही नहीं आया कि मैं कहाँ से बातों का सिलसिला आरम्भ करूँ। मुझे लगा कि कहीं मैं कोई गलत मुद्दा न उठा दूँ। वैसे भी उसने ही मिलने का कार्यक्रम बनाया था।

देर तक हमारे बीच गहरी चुप्पी जमी रही। इस वक्त हमारे अलावा और कोई ग्राहक भी नहीं था। वातानुकूलित होने की वजह से बाहर का शोर-शराबा भी अन्दर नहीं आ रहा था।

'नुपूर, काफी परेशान दिख रही हो?' मैंने धीरे से पूछा।

'हाँ..।' उसने मेरी ओर देखे बिना कहा।

'तो बताओ यार।' मैं संशकित हो चला था।

उसके चेहरे पर चिन्ता और उद्विग्नता साफ-साफ देखी जा सकती थी। उसके होंठ बन्द थे और वह अपने हाथ और उँगलियाँ उलझाये जैसे किसी शून्य को ताक रही थी। उसकी आँखों में अजब-सी जड़ता और अजनबियत थी।

'क्या बात है नुपूर?' मेरे अन्दर भी घबराहट ने दस्तक दे दी थी।

'प्रमेश,' उसने नजरें उठायीं जो पनियाई और पारदर्शी थीं, 'मैं तुमसे दूर नहीं होना चाहती।'

उसके एक वाक्य से मुझे बड़ी राहत का अहसास हुआ। तमाम तरह की शंकाओं से मुझे मुक्ति मिली पर कुछ ही पलों में एक नये तरह की दिमागी उलझन से घिरा अनुभव करने लगा। अचानक यह बात उसके अन्दर क्यों आयी थी। क्या उसे मेरी प्रतिबद्धता पर शक था या उसे यह लगने लगा था कि मैं किसी और को चाहने लगा हूँ और मेरे लगाव में कोई कमी आयी थी।

'दूर होने की बात क्यों करती हो?' मैंने समझाने की कोशिश की, 'इस जीवन में तो यह सम्भव नहीं है। नूपुर, मैं तुमसे दूर कहाँ हूँ। रोज ही तो हम मिलते हैं, रोज ही बात करते हैं।'

वह एक बार फिर खामोश हो गयी थी। मुझे समझ में नहीं आया कि आखिर उसके अन्दर क्या चल रहा था। यह बात उसने क्यों कही थी और इससे उसका क्या आशय था।

'नुपूर, बोलो न बात क्या है?'

'प्रमेश,' उसने मेरी आँखों में अपनी नजरें गड़ाकर कहा, 'मेरे मम्मी-पापा मुझसे दोबारा शादी करने पर जोर दे रहे हैं। उन्होंने किसी से बात कर ली है और वे लोग कल मुझसे मिलने भी आ रहे हैं।'

'क्या तुम्हें वह लड़का ठीक नहीं लगा?'

'अच्छे और बुरे का सवाल ही कहाँ है। मुझे शादी करनी ही नहीं है।' वह चिढ़कर बोली।

'पर नुपूर, इतनी लम्बी उम्र अकेले कैसे गुजरेगी। माँ-बाप का साथ कुछेक सालों तक ही रहेगा। तुम्हें एक जीवनसाथी की जरूरत है।'

'फिर तुम क्या हो? तुम मेरा साथ देना नहीं चाहते?' उसकी आवाज में क्रोध और झुँझलाहट थी।

'देखो नुपूर,' मैंने उलझन भरी आवाज में कहा, 'मैं तो तुम्हें प्यार करता ही हूँ और हमेशा करता रहूँगा। पर तुम अच्छी तरह जानती हो कि हमारे रिश्ते की कुछ सीमाएँ हैं। हमारे साथ को समाज मान्यता नहीं देता है। न हम साथ रह सकते हैं और न जीवन के सुख-दुख में उस तरह शामिल हो सकते हैं जैसी तुम्हें जरूरत है।'

'मेरी जरूरत क्या है, उसे मैं अच्छी तरह समझती हूँ।' आक्रोश-भरे स्वर में बोली वह, 'यह तुम्हें बतलाने की जरूरत नहीं है। न ही मैं समाज और उसके ठेकेदारों की चिन्ता करती हूँ। मैं तो सिर्फ इतना जानती हूँ कि जिस तरह तुम मेरी जिन्दगी में शामिल हो वहाँ फिर किसी और के लिए जगह ही कहाँ बचती है। मैंने तुम्हें अपना

जीवनसाथी मान लिया है। तुम्हारे प्यार पर पूरा यकीन है मुझे। फिर मेरे अकेले होने का सवाल ही कहाँ है।'

'सवाल है, नुपूर। जीवनसाथी मान लेना एक बात है और जीवन में एक साथी का हर पग पर साथ होना दूसरी बात। हम साथ तो नहीं रहते और न ही रह सकते हैं। हमारा प्यार अपनी जगह है। पर जब मैं अपनी पत्नी के साथ रहता हूँ तो तुम्हें भी एक साथी का साथ चाहिए न।'

'जिससे तुम अपनी जिम्मेवारी से मुक्त हो सको।' उसने ताना मारा। उसका चेहरा विरूप हो चला।

'देखो इस बात को गलत ढंग से मत लो। जिन्दगी की हकीकत को समझना जरूरी है। तुम्हें सचमुच एक साथी की जरूरत है जो हर पल साथ रहे, हर मुश्किल में साथ खड़ा हो सके।'

'और तुम ऐसा नहीं कर सकते।' उसके स्वर में झल्लाहट और रोष था, 'फिर मेरी जिन्दगी में क्यों आए तुम? तुम ही तो कहते थे कि तुमने मुझे अपनी जिन्दगी में शामिल कर लिया है। अब मुझसे दूर भागना क्यों चाहते हो? फिर प्यार करने का मतलब ही क्या है? क्या मेरी यही नियति है? एक बुरे आदमी से शादी हुई, उससे अलग होना पड़ा और अब तुम अपनी जिम्मेवारी से बचना चाहते हो। शादी की सलाह देकर मुझसे पीछा छुड़ाना चाहते हो, मुझसे दूर होना चाहते हो।' उसकी आवाज काँपने लगी, आँखें डबडबा उठीं।

'नुपूर...।' मैं परेशान होने लगा, 'तुम बात को ठीक तरह समझती क्यों नहीं हो। मैं तुमसे दूर कहाँ जा रहा हूँ पर...।'

'बस कुछ मत कहो। सब मर्द एक जैसे होते हैं। तुम कितना बदल गये हो, प्रमेश।'

उसकी आँखें छलकने लगीं। वह सिर नीचा किये अपने आँसू पोंछने लगी। मैंने उसके हाथ पर हौले से हाथ रखा तो उसने अपना हाथ खींच लिया।

'नुपूर, प्लीज समझने की कोशिश करो।'

'मुझे कुछ समझने की जरूरत नहीं है। तुम्हें दूर जाना है तो जाओ। पर मुझे अब शादी नहीं करनी। अब मैं तुमसे भी कुछ उम्मीद नहीं करूँगी। मैं अपनी जिन्दगी की लड़ाई खुद ही लड़ूँगी। मुझे तुम्हारी भी कोई जरूरत नहीं है।'

एक झटके से वह उठ खड़ी हुई।

'नुपूर...।' मैंने उसे रोकने की कोशिश की, 'मेरी बात तो सुनो। इतना गुस्सा ठीक नहीं है।'

उसने हिकारत-भरी नजरों से मुझे देखा और तेज कदमों से बाहर चली गयी।

हुआ वही जिसकी आशंका मुझे हलकान किये हुई थी। प्रमेश का रूखा और बेहद संवेदनहीन रवैया मुझे अन्दर तक हिला गया। उसने मेरी पीड़ा को पूरी तरह नजरअन्दाज कर अत्यन्त निस्पृहता से मम्मी-पापा का समर्थन किया। वह मेरी यन्त्रणा से नितान्त असम्पृक्त और उदासीन नजर आया। मेरी भावनाओं को समझने की उसने कोई कोशिश नहीं की। मेरे प्रति किसी प्रकार की संवेदना अथवा सहानुभूति प्रदर्शित नहीं की। लगभग ढाई साल के अपने अन्तरंग रिश्ते और मेरे समर्पण व प्रतिबद्धता का उस पर जैसे कोई प्रभाव ही नहीं था। मेरे लिए यह बड़ा आघात था। मैं अन्दर से बुरी तरह क्षत-विक्षत अनुभव कर रही थी। उसकी सहजता मुझे बुरी तरह झकझोर रही थी। मुझे लगा कि कुछेक पलों का उसका सामना मुझे विक्षिप्त बना देगा।

कहीं पढ़ा था कि प्रत्येक मनुष्य का संघर्ष उसका अपना, नितान्त वैयक्तिक और निजी है जिससे उसे स्वयं ही जूझना होता है।

मेरे अन्दर भी अपने एकान्त और निजता का विस्फोट हुआ था।

एक कथित साथी का निर्विकार भाव मुझे अन्दर तक टीस रहा था।

मुझे लगा कि ऐसे रिश्ते का क्या अर्थ है, उसकी क्या प्रासंगिकता है।

ऐसा स्वप्न केवल एक मरीचिका नहीं तो क्या है... ?

❑❑❑

वाणी प्रकाशन ग्रुप

भारतीय ज्ञानपीठ

वाणी प्रकाशन : भारतीय ज्ञानपीठ की पुस्तकों के एकमात्र प्रकाशक एवं वितरक